U0629098

中华精神家园

博大文学

小说经典

著名古典小说的魅力

肖东发 主编　秦贝臻 编著

中国出版集团

现代出版社

图书在版编目（CIP）数据

小说经典 / 秦贝臻编著. — 北京：现代出版社，
2014.10（2020.01重印）
（中华精神家园书系）
ISBN 978-7-5143-2983-4

Ⅰ. ①小… Ⅱ. ①秦… Ⅲ. ①古典小说－小说集－中
国 Ⅳ. ①I242

中国版本图书馆CIP数据核字(2014)第236379号

小说经典：著名古典小说的魅力

总 策 划：陈 恕
主 　 编：肖东发
作 　 者：秦贝臻
责任编辑：王敬一
出版发行：现代出版社
通信地址：北京市定安门外安华里504号
邮政编码：100011
电 　 话：010-64267325 64245264（传真）
网 　 址：www.1980xd.com
电子邮箱：xiandai@cnpitc.com.cn
印 　 刷：山东省东营市新华印刷厂
开 　 本：710mm×1000mm 1/16
印 　 张：11
版 　 次：2015年4月第1版 2020年1月第3次印刷
书 　 号：ISBN 978-7-5143-2983-4
定 　 价：40.00元

党的十八大报告指出："文化是民族的血脉，是人民的精神家园。全面建成小康社会，实现中华民族伟大复兴，必须推动社会主义文化大发展大繁荣，兴起社会主义文化建设新高潮，提高国家文化软实力，发挥文化引领风尚、教育人民、服务社会、推动发展的作用。"

我国经过改革开放的历程，推进了民族振兴、国家富强、人民幸福的中国梦，推进了伟大复兴的历史进程。文化是立国之根，实现中国梦也是我国文化实现伟大复兴的过程，并最终体现为文化的发展繁荣。习近平指出，博大精深的中国优秀传统文化是我们在世界文化激荡中站稳脚跟的根基。中华文化源远流长，积淀着中华民族最深层的精神追求，代表着中华民族独特的精神标识，为中华民族生生不息、发展壮大提供了丰厚滋养。我们要认识中华文化的独特创造、价值理念、鲜明特色，增强文化自信和价值自信。

如今，我们正处在改革开放攻坚和经济发展的转型时期，面对世界各国形形色色的文化现象，面对各种眼花缭乱的现代传媒，我们要坚持文化自信，古为今用、洋为中用、推陈出新，有鉴别地加以对待，有扬弃地予以继承，传承和升华中华优秀传统文化，发展中国特色社会主义文化，增强国家文化软实力。

浩浩历史长河，熊熊文明薪火，中华文化源远流长，滚滚黄河、滔滔长江，是最直接的源头，这两大文化浪涛经过千百年冲刷洗礼和不断交流、融合以及沉淀，最终形成了求同存异、兼收并蓄的辉煌灿烂的中华文明，也是世界上唯一绵延不绝而从没中断的古老文化，并始终充满了生机与活力。

中华文化曾是东方文化摇篮，也是推动世界文明不断前行的动力之一。早在500年前，中华文化的四大发明催生了欧洲文艺复兴运动和地理大发现。中国四大发明先后传到西方，对于促进西方工业社会的形成和发展，曾起到了重要作用。

中华文化的力量，已经深深熔铸到我们的生命力、创造力和凝聚力中，是我们民族的基因。中华民族的精神，也已深深植根于绵延数千年的优秀文化传统之中，是我们的精神家园。

　　总之，中华文化博大精深，是中国各族人民五千年来创造、传承下来的物质文明和精神文明的总和，其内容包罗万象，浩若星汉，具有很强的文化纵深，蕴含丰富宝藏。我们要实现中华文化伟大复兴，首先要站在传统文化前沿，薪火相传，一脉相承，弘扬和发展五千年来优秀的、光明的、先进的、科学的、文明的和自豪的文化现象，融合古今中外一切文化精华，构建具有中国特色的现代民族文化，向世界和未来展示中华民族的文化力量、文化价值、文化形态与文化风采。

　　为此，在有关专家指导下，我们收集整理了大量古今资料和最新研究成果，特别编撰了本套大型书系。主要包括独具特色的语言文字、浩如烟海的文化典籍、名扬世界的科技工艺、异彩纷呈的文学艺术、充满智慧的中国哲学、完备而深刻的伦理道德、古风古韵的建筑遗存、深具内涵的自然名胜、悠久传承的历史文明，还有各具特色又相互交融的地域文化和民族文化等，充分显示了中华民族的厚重文化底蕴和强大民族凝聚力，具有极强的系统性、广博性和规模性。

　　本套书系的特点是全景展现，纵横捭阖，内容采取讲故事的方式进行叙述，语言通俗，明白晓畅，图文并茂，形象直观，古风古韵，格调高雅，具有很强的可读性、欣赏性、知识性和延伸性，能够让广大读者全面接触和感受中国文化的丰富内涵，增强中华儿女民族自尊心和文化自豪感，并能很好继承和弘扬中国文化，创造未来中国特色的先进民族文化。

2014年4月18日

长篇神魔小说——封神演义

传奇短篇小说——三言二拍

文言志怪经典——聊斋志异

白话历史演义——东周列国志

讽刺文学典范——儒林外史

神幻诙谐小说——镜花缘

忠义武侠小说——三侠五义

《封神演义》是明代长篇小说，共100回，作者许仲琳。全书以宋元时期讲史话本《武王伐纣平话》为基础，博采民间传说演绎而成长篇神魔小说。

《封神演义》表现了称扬王道、仁政，反对暴君、暴政的思想倾向，说明了人心向背的重要性。同时，《封神演义》通过神魔斗法的描写，宣扬了宿命论和儒释道三教合一的思想。

《封神演义》以内容篇幅巨大、幻想奇特而闻名于世。它发挥神话传说善于想象夸张的特长，给读者以较深印象，被誉为仅次于《西游记》的神魔小说巨著。

长篇神魔小说

封神演义

推崇道教的神魔小说

　　姜尚辅佐武王伐纣的故事，很早就成为民间说书的材料，在存留下来的元代所刻《新刊全相平话武王伐纣书》中，就包含了不少神怪故事。

■ 托塔天王李靖画像

之后在明代，文学家许仲琳以宋元讲史话本《武王伐纣平话》为基础，博采民间传说，并加上自己的虚构，演绎成了《封神演义》这部长篇神魔小说。

流传中《封神演义》被誉为仅次于《西游记》的神魔小说巨著。小说充分发挥了神话传说的想象特征，讲述的是商代末年，纣王暴政，宠信妲己，残害忠良，武王行兴仁义之师讨伐无道昏君纣王。

在这样的背景下充分展现了上古诸神呼风唤雨、动摇乾坤的通天法术，塑造了大批的艺术形象。借助众多的神仙形象来宣扬道教，推崇道教。

■ 元始天尊塑像

其中涉及很多历史上传闻的道教人物，如元始天尊、老子李聃、广成子、赤精子。甚至连一些原本是佛教中的人物，如托塔天王、哪吒、燃灯古佛、普贤菩萨、文殊菩萨、观音菩萨都变成了道教人物。

元始天尊所在的阐教是作者赞扬肯定的教派，故不难看出，作者是崇敬道教的。还有第五回云中子说"但观三教，惟道至尊……但谈三教，惟道独尊"。在第八十二回黄龙真人则说："自元始以来，惟道独尊。"

对道教的推崇还表现在对《黄庭经》的崇尚。《黄庭经》曾是道教中早期上清派的两大经典必读书

平话 即评话，又称评书，是我国一种传统口头讲说的表演形式。各地的说书人以自己的母语对人说着不同的故事，因此也是方言文化的一部分。清代末期，评书的表演为一人坐于桌后表演，道具有折扇和醒木，服装为长衫。

■ 渭水访贤图

道教 我国土生土长的宗教，道教起源于上古鬼神崇拜，发端于黄帝和老子，创教于张道陵。以"道"为最高信仰，以神仙信仰为核心内容，以丹道法术为修炼途径，以得道成仙为终极目标，追求自然和谐、国家太平、社会安定和家庭和睦。

之一，而作者多次强调阐、截教教徒都诵读它。

在第二十三回姜尚"日诵《黄庭》，悟道修真"；第二十四回子牙诵读"《黄庭》两卷消长昼"。第三十七回子牙感叹："蒲团静坐，朗诵《黄庭》，方是吾心之愿。"第四十九回陆压作歌："白云深处诵《黄庭》，洞口清风足下生。"第六十四回李靖也歌："洞中戏耍，闲写《黄庭》字。"第七十二回广成子作歌："三卷《黄庭经》，四季花开处。"

其次，是截教尊奉《黄庭经》。第三十八回和四十七回都提到通天教主要教徒们"紧闭洞门，静诵《黄庭》三两卷"。第四十三回闻仲也说："脱却烦恼，静坐蒲团，参妙悟玄，闲看《黄庭》一卷。"在第八十二回中，阐教截教教徒在万仙阵完成1500年大劫数后，只是为了"缘满皈依从正道，静心定性诵《黄庭》"。并且，在第四十一回闻仲等人卸任后的最大心愿就是静心诵读《黄庭经》。可见《黄庭经》是小说中阐、截两教共同尊奉的最高经典。既然尊崇《黄庭经》，自然可以说《封神演义》是崇敬道教的。

　　小说崇"道"表现在人物命运的安排上。在小说第一百回的结尾部分，特意写到了李靖等人拒绝武王的再三挽留。武王因为李靖、哪吒、韦护、杨戬、雷震子等人立下赫赫战功，是开国元勋，劳苦功高，欲留他们在俗世享受富贵。但李靖等人执意要回山中修道，说："臣等恬淡性成，志在泉石。"

　　最终，他们得以实现自己的愿望卸甲归隐，肉身成圣。这种命运的安排实际上是作者再一次强调道家淡泊名利、寄情山水的生活态度和人生追求。就宣扬道家思想观念而言，这一命运安排是非常完满的，是非常成功的一笔，因为从语义结构上看，这使全书对

■ 《武王伐纣图》

道教的推崇显得有始有终，一以贯之。

《封神演义》还以诗赞的形式赞扬了李靖等人的道家选择，在第一百回有这样一段话：

两耳怕闻金紫贵，一身离却是非朝。

逍遥不问人间事，任尔沧桑化海潮。

这升华了小说道家思想的精神境界。

另外《封神演义》打乱了传统神位系统，按自己设想作了另外的安排，而道教中只看作是神话小说，在醮坛科仪中并未加以参考。但这小说出现以后，在宗教观及神职神位各方面，都有了很大的影响。

三教合一的思想形象化。小说的背景是在商末周初时代，这一时期在道教经典记载中代表道的尊神传说已经存在，但在世间则三教教主都没有降生。所以作者用了避实就虚的写法，在道教鸿钧老祖下，神化老子列于第一位，虽领袖群仙，但不管实际事情，而仙在神上，以元始天尊为尊。

对佛教则只称西方，以准提道人为尊而不提释迦。因为释迦此

■ 鸿钧老祖 天道执掌，大道圣人。在小说《封神演义》中称为鸿钧道人，为太上老君、元始天尊、通天教主的师父。在传说中，鸿钧道人为诸圣之师，为众仙之祖。

时尚未降世，"人间的老子"也是在东周才诞生，并未成立道、佛、儒三教，所以第十五回谈到三教会定封神榜的三教是阐教、截教、人道。"人道"是哪一教，此回以后并未再提。

所以，书中避实取虚，在此以后凡历史上有姓名记载的均不列入，只采神仙传中的古代仙称神号，以免有时代不符之嫌。

又将佛教几位菩萨列于元始天尊十二弟子之内，这就是说佛受仙传，由无生有，三教本源，皆是仙派，这小说实际是在明代三教合一思想上，又用塑造形象创造故事将其更加具体化，在道教思想上消灭了对立的因素。

而道观中供奉慈航道人，即观世音菩萨，就是《封神演义》出刊以后开始的。《封神演义》泯灭了两教界限，进一步促进了两教的融合。

道教神位的增添和补充。"封神"系统，道教中并未采用。庙宇尊神，仍按宋代系统未变。但因这小说的影响，增添了不少的神，例如玄坛殿供奉的财神。

玄坛殿是供赵公明的庙宇，因《封神演义》中封赵公明为"金龙如意正一龙虎玄坛真君"，主管迎

■ 观音画像

释迦 就是释迦牟尼，佛教创始人。释迦是部落的名称，意思是"能"。"牟尼"是一种尊称，含有"仁、儒、寂寞、忍"等义，意译也可合成"能仁、能忍、能儒、能寂"等，意为释迦族的圣人。

祥纳福，并有招宝天尊、纳珍天尊、招财使者、利市仙官四十部下大神，所以自此尊赵公明为财神。

清源妙道真君二郎神传说的变化。二郎神话本是由李冰父子治水衍变而来，后来在宋元时期杂剧中已渐神化，《朱子语录》中说他是李冰第二个儿子，自《封神演义》《西游记》两书流行，遂尊杨戬为"二郎尊神"，在《封神演义》中梅山七怪为杨戬所歼灭；二郎神由李冰第二小儿子一次衍变为隋代嘉州太守赵昱，再衍变为杨戬，确是受《封神演义》影响。

东岳大帝及其子炳灵公，为泰山之神，神位来源很早。即炳灵公封号，也在宋代。但本书行世后，一般信奉的人却认为东岳大帝是黄飞虎，炳灵公是黄天化。

甲子太岁神像，虽姓名为金辨，但形象却为目眶中生两只手，手心中有两目，很明显是受小说中杨任形象的影响。而且杨任在书中是封为甲子太岁的。

对民间信仰的影响。小说中的形象，如开路神方弼、方相，古书虽有记载但颇简略。自书出刊后，在大殡葬行列中，前面均有此两开路神纸扎的巨像。

支配自然之理想。作者思

■ 二郎神杨戬 道教俗神，天庭大将，玉帝的外甥，变化无穷，神通广大，肉身成圣。早年劈桃山救母，视天界兵将如无物，受封清源妙道真君。又助武王伐纣，再封昭惠显圣仁佑王。王母甚为疼爱，他不愿住在天宫，而在下界受人间香火，刚直公正，显圣护民，凡人间生灵危难，呼其尊号必往救。

想基础，受《阴符经》影响较大，他相信"宇宙在乎手、万化生乎身"的道理，要从有为到无为，所以放开想象，塑造仙神异术。

哪吒闹海面塑

如雷震子背生双翼，飞翔天空，土行孙土中穿行，地下无阻；杨戬八九玄功，随心变化；哪吒脚踏飞轮，驾风御火。又如魔道中高明高觉，眼看远方，耳听千里；闻太师额生一目，时发神光。这些都是作者认为"万化生乎身"，人类可以支配自然征服自然的体现。

总之，《封神演义》在宗教上的影响也比较大。因此，这部小说在道教史上是值得一提的。

阅读链接

《封神演义》一共出现了四教，即阐教、截教、人道及西方之教，而在《封神演义》中多次提到三教是一家之说，老子、原始和通天三人都师从鸿钧道人，而鸿钧道人为玄门领袖。所以，这三个教主则对应道家三清。但是在道教至尊的三清之中，玉清元始天尊为原始，太清道德天尊就是老子，而上清灵宝天尊却不是通天教主。那么通天教主的原型为何人呢？

在《封神演义》中，通天教主作为一派教尊，其教育观点也是"有教无类"。我国历史上，提出"有教无类"也有一人，那就是儒家的创始人孔子。孔子打破了教育垄断，开创了私学先驱，提出"有教无类"的观点，即认为世界上一切人，无论等级高低，都享有受教育的的权利。而通天教主同样是圣人，因此，通天教主即为孔子了。

性格复杂的人物形象

　　众所周知，早期道教经典中所描绘的神仙都是虚无缥缈、完全超越了人的欲望的"完人"，他们或得道飞升，或逍遥避世。显然，那时神仙形象是道教宗教体系的一部分，仅是些拥有单一性格因素和毫

■ 姜尚蜡像

无情感可言的神学象征。

但在《封神演义》中，我们见到的人物形象却具有了丰富而复杂的性格特征，其中许多神仙更是积累了丰满的人的形象。这正是《封神演义》中神仙观念的变化，即神仙形象中宗教色彩进一步减弱，而"人性"色彩逐渐加强，也进一步证明了"神魔皆有人情，精魅亦通世故"。

《封神演义》中人的性格表现出了非常明显的复杂性特征。如小说中有的人物虽性格单一，但却结果迥异。或者是具有不同甚至相互矛盾的性格因素。再或者随其故事情节发展，神仙形象也呈现出较大明显的变化等。诸如此类的人物形象，在《封神演义》中比比皆是。

闻太师的命运。在人物性格单一的条件下，仍能展示其形象的复杂性，这是《封神演义》的一大妙笔。此类人物中，殷商太师闻仲的复杂化特征表现得尤为明显。

小说中，闻仲忠诚殷商、文武双全、敢于直谏无道纣王，这点在小说第二十七回"太师回兵陈十策"中得到诠释。当闻太师班师回朝后得知纣王种种无道恶行，书中有了这样的描述：

■ 《封神演义》闻太师驱兵追袭场景

闻仲 神话小说《封神演义》中的人物，也是民间信仰中的"雷神"或"雷祖"。在小说中，闻仲本来是商朝末代君王纣王朝中的太师，乃三朝元老大臣，文武双全，威仪并重，擅长行军，是商朝军队中最重要的人物之一。闻仲也是截教金灵圣母门下弟子，深谙道术、法力颇深。

■《封神演义》闻
太师西岐大战

心中甚是不平，乃大言曰："今四海荒荒，诸侯齐叛，皆陛下有负于诸侯，故有离叛之患……君以礼待臣，臣以忠事君。"

谏官 又称"谏臣"，古代官职之一，谏官制度是为专制君主的长治久安效力的制度，是对君主的过失直言规劝并使其改正的官吏。谏官的设置比监官早。春秋时期初年齐桓公设大谏，为谏官设置之始。秦汉时有谏官之设，但是没有专门的谏官机构。

而后他3天日内陈述十策。第一件：拆鹿台，安民不乱。第二件：废炮烙，使谏官尽忠。第三件：填虿盆，宫患自安……

这十策具是金玉良言，字字点破纣王无道的缘由，全面地展现出一位"文足以安邦，武足以定国"的正气凛然的英雄形象。但也正是由于他的愚忠，又使其成为纣王暴政的支柱、逆天行事的鹰犬。

闻仲在明知"君之视臣如手足，则臣视君如腹心；君之视臣如犬马，则臣视君如国人；君之视臣如土芥，则臣视君如寇仇"的道理的情况下，依然选择助纣为虐。为稳固纣王统治，其一意孤行下愤然发兵西岐。闻仲虽知天理，却不顺民意。

在小说第四十二回"黄花山收邓辛张陶"中，闻仲给姜尚的战术中写道：

盖闻王臣作叛，大逆于天。今天王在上，赫赫威灵……今奉召下征，你等若惜一城之生灵，速至辕门授首，候归期以正国典。

这正体现了闻仲愚人愚己的愚忠本质，直至最后命丧绝龙岭。

一个"忠"字，却导致了两种截然不同的结果。这种写人手法的运用，跨越式地推动了我国古代神魔小说的发展，使神仙形象突破了宗教的束缚，展现出一个小说人物应有的复杂形象，成为了一个有血有肉的"人"。

土行孙的多面。《封神演义》中有些人物写得活灵活现。如土行孙其人，小说着墨颇多，尽写其机智幽默，英勇善战，而又暴躁好色，贪图富贵。

小说第五十二回，土行孙出场，轻信申公豹言语，盗了师傅的捆仙绳，五壶丹药，径直往三山关来。后在邓九公麾下，甘当五军督粮使。此时的土行孙给人一种憨厚愚笨之感，完全看不出有任何成大气候的可能。

《封神演义》插图

■ 《封神演义》姜子牙临潼遇痘神

西岐 商周时期古地名。岐山是我中华民族重要的发祥地之一，相传是炎帝生息之地。岐山是周王朝发祥之地，从周太王迁岐至周平王东迁近400多年间，岐山一直是西周时期的地理中心。有周公庙、凤雏遗址，出土大量周代文物，以青铜器最为著名。

在第五十四回"土行孙立功显耀"中，邓九公屡屡战败，土行孙治好邓九公及其女邓婵玉的伤，主动请缨说："当时主将肯用吾征时，如今平服西岐多时了。"

这又显现出土行孙勇敢的一面。后来智斗哪吒，大叫曰："哪吒！你长我矮，你不好发手，我不好用功，你下轮来见个输赢！"

于是趁哪吒下轮，利用身体矮小之便，打了哪吒三棍后，用捆仙绳擒了哪吒回营。此后依照此法，擒了黄天化，更是险些也擒了姜尚。

此番三轮争斗，尽显土行孙英勇善战的一面。但如果人物形象刻画到此停笔，充其量也只与一般过客神仙一样，不会给读者留下太多印象。但作者匠心独运，又巧妙地写出了土行孙狂暴嚣张的性格特点，文写道：

其见大功多成，渐渐嚣狂起来，再加邓九公许诺："你若早破西岐，我将弱女赘公为婿。

于是土行孙仗自身本事，趁夜进城，试图杀了武王，诛了姜尚。多亏姜尚早有预见，才得以避难。然而此事还不算完，土行孙行刺期间，看见妃子脸似桃花，异香扑鼻，不觉动了欲心，欲与其行人间之乐，终导致被杨戬智擒，后虽逃走，但其暴躁好色，贪图富贵的一面，已经表现得淋漓尽致了。

以上种种性格聚集在神仙身上，不仅丰富了《封神演义》的内涵，而且完全颠覆了宗教神学中的神仙特征。虽然如此丰硕的神仙形象在我国古典文学中实为少见，但此时已显现出其复杂的神仙形象构成，拉近了宗教神学体系和广大民众生活的距离。

姜尚的秉性。姜尚作为小说贯穿始终的线索人物历来就是学者研究的主要对象，历史上也确有其人，在《古史考》中曾记录："吕望常屠牛于朝歌，卖饭于孟津。"而小说第二十四回之前，姜尚于朝歌屡屡受挫，后虽隐于磻溪，但也并非其志向，一句"不为锦鳞设，只钓王与侯"尽抒其胸臆，不然也不会在垂钓处留下深深的印痕。

此时的姜尚，虽志向远大，却完全一副软弱无能的样子，即便有"火烧琵琶精"的小勇，但更有一事无成的大耻，完全看不出一点

《古史考》 魏晋之际史学家谯周撰。原书25卷。约当宋元之际散佚。今有清代人章宗源辑本一卷。该书是作者为考订司马迁《史记》所记载周秦时期史事之误而作，故名《古史考》。内容上主要是对《史记》所记先秦人名、史实中出现的谬误作了一些必要的纠正与阐释。

长篇神魔小说

封神演义

■ 姜子牙雕塑

■ 姜子牙陶俑

燃灯道人 主要在《封神演义》中出现，他曾经帮姜子牙破十绝阵，而且在原书中有一回就是"燃灯议破十绝阵"，其原型是燃灯古佛。燃灯佛，佛教中纵三世佛之过去佛，为释迦牟尼佛之前的佛，地位极其尊贵。

"代劳封神"的架势。

而后姜尚仕周，终可一展抱负，其先后兵伐崇侯虎，受文王托孤，完全颠覆了之前的形象。此处姜尚的英明神武，贤臣良相的姿态让读者耳目一新。

但后来又有反复，当张桂芳、九龙岛四圣、魔加四将、闻太师亲征等接踵而来时，姜尚唯一的解决办法就是上昆仑搬请救兵。更甚的是破十绝阵时，竟把帅印交给了燃灯道人。

唯一述其智谋的一处，是推算出土行孙夜袭，其他的都是依靠别人去建功立业的，半点看不出首相的才能。但主角非假，后姜尚"金台拜将"，大义凛然的向武王陈列出师表、挂"斩法纪律牌"，又微露了一点英气。更甚的是出征前，敢于冒大不韪，更显出其果敢英勇之姿。

虽然征讨殷商过程中，姜尚依然受人帮扶，但封神者姿态已经初露，诸神终靠姜尚才能位列神位，此时的姜尚才彻底回归到核心地位。

纵观全书，姜尚性格几经反复，也正是人之常情。虽未刻意为之，但一个暮年老朽的形象已然立于眼前。全书也多是在这种"无心栽柳柳成荫"的情况下，写出了一番人间情趣。

《封神演义》众多人物形象虽参差不齐，但其中性格最鲜明给人印象最深刻的，非哪吒莫属。如哪吒闹海，作品描写了两个有着对立性格特征的人物形象：一是哪吒，一个勇于斗争、敢作敢为的少年英雄；一是哪吒的父亲李靖，一个平庸懦弱的官僚。

李靖自幼访道修真，学了一些本领，但因仙道难成，所以下山辅佐纣王，官居总兵之职。他追求的是人间的富贵，想的只是怎样保住自己的官职。

而哪吒对其父亲的反抗，也将他塑造成为了一个敢于冲破传统伦理道德的英雄形象。在《封神演义》中，哪吒这一人物是塑造得较为成功的形象，他的价值突出表现在他的叛逆性格里。

《封神演义》中的哪吒没有受过什么教育，思想也没有经过文化的浸润，灵魂中完全是一片文化意识上的纯洁净土，他的是非善恶的判断完全发自生命的本能。因此，他的叛逆也是最彻底的真正意义上的叛逆，就连自己的父亲也不能改变自己的意志。

正因为哪吒的无知，也造就了哪吒的无畏。哪吒做事没有那么多世俗功利的考虑，他只是对自己不能认同和接受的对象进行反抗。所以，他面对邪恶毫不畏惧，面对父威绝不妥协。

但是在那时的封建社会中，儒家的君臣父子伦理观

哪吒 神话人物，一个顶天立地的神话英雄，一个跃然于书本上的民间传说。是《封神演义》里作者着力描绘的神话英雄之一。哪吒姓李，原陈塘关总兵李靖的第三子。他是活跃于明代古典小说《西游记》和《封神演义》之中的人物。哪吒源于元代《三教搜神大全》。

长篇神魔小说

封神演义

■ 姜子牙与周文王

■ 《封神演义》黄
天化下山

龙王 龙是我国古
代神话的四灵兽
之一，龙王则是
指传说中在水里
统领水族的王，
掌管兴云降雨。
在道教中有以海
洋为区分的4位龙
王，即东西南北
"四海龙王"。

念已是深入人心，特别是父权，更是把创造生命的义务看成了特权。作品中的李靖完全把哪吒看作了私人物品，当哪吒打死巡海夜叉，杀死龙王三太子，龙王敖光前来问罪时，哪吒毫不惧怕，虽然承认是自己不好，连累了父母，但却强调"一人做事一人当"。

后来哪吒在南天门拦路殴打敖光，李靖仰天长叹，不知如何是好时，哪吒也只是跪到父母面前，请父母"只管放心"。再后来四海龙王大闹陈塘关，李靖胆小怕事，要绑缚哪吒交龙王处置，哪吒愤而自杀，将父母生养的骨肉还给父母。

《封神演义》写到此处，哪吒还没有和父亲发生直接冲突。但是，当李靖在翠屏山打碎哪吒的塑像，焚烧了哪吒的行宫之后，父子之间的冲突变得尖锐而直接了。

哪吒几乎把李靖看作不共戴天的仇敌，他一次又一次地追杀李靖，直至灵鹫山元觉洞的燃灯道人救下李靖，并送他玲珑宝塔作为镇物，哪吒才"心中暗暗叫苦"，不得不放弃对李靖的追杀。

哪吒的所作所为完全违反了儒家君臣父子伦理观念，简直可以说是大逆不道。而后哪吒通过他的师父复活，获得了新生，拥有了独立的人格，这里又体现出了道家的思想，即重视个体生命价值，如何使个体精神愉快。

同时也在述说着一种观点，儒家约束了个人作为人的独立人格，而道家则帮助人，使其拥有独立的人格。

黄飞虎的理智。在第三十回，当黄飞虎得知夫人被纣王侮辱而坠楼，妹妹同时被害时，他无语沉吟；当他看到身边四将持刀反商时，还在迟疑甚至还把他们大骂一通；而当周纪设计激将时，他便一气之下反出朝歌。

以后，随着情绪的稳定，则清醒地认识到纣王无道，终于变被动反商为主动归周。这里写出了黄飞虎理智和情感的矛盾，以及这个矛盾发展、转化，从而写出了一个有血有肉、活生生的人，而不是神。

《封神演义》中的人物形象具有明显的复杂性特征，即便这种人物形象与故事情节有时脱钩，流于表面，但文学家在塑造复杂人物、提高文学形象的真实性和艺术吸引力等方面已然大放异彩，提高

《封神演义》飞虎归周见子牙

■ 《封神演义》
之"黄天化大战四
魔将"

碧游宫 神话传
说中的三大无上
仙宫八景宫、玉
虚宫、碧游宫之
一，位于蓬莱
岛，是昔日鸿钧
玄门第一大教通
天截教的法脉道
场。宫主是通天
教主。三清立教
之时，通天教主
在蓬莱岛碧游宫
开创截教道场，
光大鸿钧玄门。

了作品的审美价值。

并且，《封神演义》中的某些片段，刻画人情颇
为真实动人。如写哪吒出世及他与父亲斗争的故事；
第四十八回至第五十回云霄由拒绝下山到终于摆设黄
河阵的故事；第七十二回至第七十三回的广成子三谒
碧游宫的故事等。

这些故事合乎情理，合乎人物感情变化和事件发
展的逻辑，丰腴的形象具有颇富诗意的人生经验，是
作者才情暴发的部分，是《封神演义》中最精彩的片
段，可以和我国古典小说优秀之作相媲美。

另外，《封神演义》的风格类型属以对立双方的
斗法为主，写法宝，写神通，侧重于想象的神奇，千
奇百怪的幻想是《封神演义》最大的艺术特色。

《封神演义》里的想象给人轻松愉快的艺术享
受，而且还包括科学想象的因素。《封神演义》用散

文描写自然环境能情景交融，富有新意，是古典小说环境描写的一大进步，它突破了堆砌辞藻的韵语范式，写出了不可重复的自然环境。

《封神演义》的思想题旨是多元的，从积极意义上来讲，《封神演义》揭露和反抗暴政，歌颂仁义，赞扬仁君贤臣，同情推翻暴政的正义战争。

作者把西岐作为理想和谐的大同世界，体现出作者对开明政治的向往，作者把感情倾注在正义一方，认为有道伐无道是应当支持的，殷纣王的败亡是历史的必然。

《封神演义》将武王伐纣这一重大历史事件神话化，借此重塑上古诸神的形象，恢复神话英雄的威名，再造神祇谱系，使历来杂乱无章的仙道有了一个完整的体系，即上层为仙道，中层为神道，下层为人道。

《封神演义》使纣王的暴行和武王伐商的史实具体化、情节化，它诠释、补充和丰富了史书对殷末那段历史的记载，为殷末史的流传提供了条件，使3000多年前晦暗不明的殷末史在下层百姓中得到有效

■ 《封神演义》出战图

■ 《封神演义》之昌岳法宝胜姜尚

的普及和传播。

　　《封神演义》是明代神魔小说的扛鼎之作，它对后来各种文艺创作的影响也是世所公认的，其民间影响力足可以和《西游记》比肩。

小说经典

著名古典小说的魅力

阅读链接

　　鲁迅先生对《封神演义》这样评价："封国以报功臣，封神以妥功鬼，而人神之死，则委之于劫数。其间时出佛名，偶说名教，混合三教，略如《西游》，然其根底，则方士之见而已。"鲁迅先生并没有进一步阐述"方士之见"具体指什么，但是联系当时的社会背景便可以把"方士之见"理解成是在一定社会背景下，小说创作者对个体命运的一种潜意识关怀。

　　《封神演义》的最大亮点，就是都赋予了顺天意和逆天意的人和神一视同仁的人文关怀，这也是其人本主义意识的着重体现。比如作者对小说中所谓的正反两大阵营战死的人和神都封神的，小说家的情感是一种多方同情，同时对正义也有挖苦。于是作者陷入了迷惘状态，动摇了自己的立场，人性的觉悟就自然而然地流露出来。

三言二拍

　　《三言二拍》是我国明代五本著名传奇短篇小说集以及拟话本小说集的合称。"三言"就是《喻世明言》《警世通言》《醒世恒言》的合称，作者为明代冯梦龙；"二拍"则是拟话本小说集《初刻拍案惊奇》和《二刻拍案惊奇》的合称，作者是凌濛初。

　　《三言二拍》创作于明末，因此，它的创作与当时的社会经济和社会思潮有着极为密切的联系，也反映了明朝中晚期各方面的时代特色，以及各类人物的人生价值取向。

三言二拍的产生背景

　　从宋代至明代，宋明理学思想一直控制着整个社会人们的精神世界，成为社会思想意识主流。宋明理学主张"存天理，灭人欲"。

程颐画像

　　第一个提出这种理论的学者程颐，对此有过明确解释，即"天理"是奉养，是人的正常享受；"人欲"是人过之欲，即过分的贪欲。把"存天理，灭人欲"合起来解释就是：保存正常的生活享受，灭掉过分的欲望。

　　后来的理学发展，对个性的禁锢、社会权力的扩张方面达到了极端，认为理不仅是自然界的最高原则，同时也是人类社会的最高原则。以此标准去苛求他人，评价他人，每个人都是别人责任链上的一环，把饮食男女的衣食住行、喜怒哀乐等本性欲望，都归入要"革尽"的"人欲"之中。

由于事实上无法达到"灭人欲"标准而在理论上又已成立，便造成理论与实践"两张皮"的格局，许多人以说一套做一套来适应此种社会环境，社会便弥漫开了普遍性虚伪。于是，"存天理，灭人欲"的理论便成为强者剥夺弱者，上层剥夺下层的武器，从而极大加剧了社会的不公平。

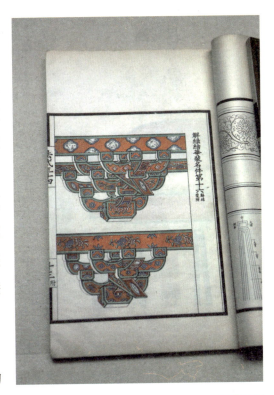

■ 宋代古书

在这种理学禁锢个性的时代，个体感性的高扬就成为必然。当时一些富有叛逆精神的思想家、艺术家，如徐渭、李贽、汤显祖、袁氏三兄弟无不希望吹起一股强劲的心灵之风，来荡涤这恶俗浇漓的世道。

如李贽的顺心说，他的一生主要兴趣在自我生命自由和解脱，与传统的封建文化势如水火；公安派的性灵之言要求展示自己的个性，流露真情；明代晚期文人的自适则是重视人性的揭示，重视尊情与适性。

这个时候，再加上当时文人市民化，市民文人化的特点，使得市民和文人的结合越加密切，社会思潮的传播也就快速和方便了许多。他们的思想观点、行

程颐（1033年—1107年），北宋时期理学家和教育家。为程颢之胞弟，与其胞兄程颢共创"洛学"，为理学奠定了基础。幼承家学熏陶，其政治思想颇受父亲的影响，推举其父反对王安石新法乃"独公一人"，与其兄程颢不但学术思想相同，而且教育思想基本一致，合称"二程"。

■ 汤显祖

为举止、生活态度，都可能成为老百姓奉行的一种生活哲学或标准或争相模仿的榜样。

那些较为激进的士大夫、文人甚至还将这种思潮有意识地扩张，认为长期以来的精神困苦和人性迫害从此找到了突破口。

尤其在江南地区，思想的开放化、人群的普遍化、地域的广泛化愈演愈烈，几乎形成了一种时尚、风潮，显得异常摩登，异常难以掌控，严重影响着人民的生活和精神状态。有关喜新厌旧的故事，有关娶妓为妾或是妇女再嫁的故事，不再令人们感到恐慌和惊奇。

在城市生活中，也逐渐地把婚姻和男女地位的混乱当成了笑料，庙会欢乐的场合不再单是孩童老人的专属地盘，还多了应守闺阁的少女和在家从夫的少妇。

在这一反理学的带有个性解放意味的氛围中生活，文学艺术家们很自然地使他们的文艺创作和文学思想，不断地吸收这种思想哲学。作家们开始重视个性，描写个性，表示他们对违反人的天然之情的"理"的批判。

历史进入明代，民间文化的发展，使得士大夫们那种所谓的高雅文化受到了极大冲击。于是，一批文

小说经典

著名古典小说的魅力

庙会 又称"庙市"或"节场"。是指在寺庙附近聚会，进行祭神、娱乐和购物等活动。庙会是我国民间广为流传的一种传统民俗活动，是一个国家或民族中为广大民众所创造、享用和传承的生活文化。

人士大夫开始从民间文化中汲取营养，创作出了雅俗共赏的作品。

为了适应当时大多数人对于民间流行的说书故事的兴趣，他们在创作时有意模拟原来话本的结构形式，甚至有意突出取材于"书会先生"或者"老郎"，以示其来源有据，这便形成了明代特有的短篇小说"拟话本"的创作。

这种供广大听众消闲取乐的世俗小说，由宋元时期的涓涓细流发展成为江湖河海，由口头的说唱文学发展成为正式的书面语言。如《三国演义》和《水浒传》等，标志着一种新时代的文学风尚。

与此同时，另一个引人注目的小说现象是，一些有远见的通俗文学的爱好者，不仅将原来流传的话本加以改写和润色，汇集刊刻，有的人还运用话本形式拟作新的白话短篇小说，把这些作品称为"拟话本"。话本和拟话本都是白话小说，不同的是，后者已经不仅是艺人讲说用的底本，而且是供阅读的案头文学了。

在明代盛极而衰的时候，出现了许多离经叛道的思想家、艺术家。当时，李贽、汤显祖、袁宏道等一大批文人，以他们惊世骇俗的见解，鲜明的个性特色，卓绝的艺术成就，写下了我国思想史、文学史上璀璨的篇章。

他们反对文学复古思想，重视一切新的文学样式，高度评价戏曲、小说的社会意义，从思想内容、艺术风格、体裁样式等主要方面，向正统文学观念宣告决裂，从而建立了与新兴的市民文学相适应的理论体系。

因此，在明代中后期，通俗小说的创作取得了极大的发展。一些文人对代代相传的话

《三国演义》

本编辑、加工，并模拟话本进行小说写作。又通过书商的大量刊印、发行，使白话小说在当时社会各阶层，特别是下层群众中产生了不小的影响。

其中成就最大的就是"三言"和"二拍"这两个白话短篇小说集。可以说，《三言二拍》将古代白话短篇小说的创作推到了另一个峰顶。

著名古典小说的魅力

阅读链接

在明代中后期，通俗小说的创作取得了极大的发展，其中冯梦龙的"三言"就是它们的杰出代表。从表面上看，"三言"主要是对宋元话本，明代拟话本进行编辑，但实际上，冯梦龙在对其进行编辑的同时，进行了一定的修订。

编辑与修订便是冯梦龙的文本重构。从"三言"中我们可以看出冯梦龙的思想极为复杂，但是，我们仍可以从中分辨出其思想的总体结构形式，这便是：以近古新兴的渲染自然人性的主情人文思想去解构传统文化思想的同时，又以吸纳了释道的儒家思想为主导去兼容和消化主情思潮。

"三言"即是冯梦龙那种思想形式下的独具特色的小说艺术形式，我们可以把它概括为：儒雅与世俗互摄互涵的中和审美形式，这具体体现在"三言"的审美情感形式，叙事结构模式等诸方面。

富含儒家思想的"三言"

1621年至1627年，被人称之为"全能"通俗文学作家的冯梦龙因商人的邀请，先后纂辑了《喻世明言》《警世通言》和《醒世恒言》，也就是后人合称的"三言"。

《警世通言》刊行于1624年，《醒世恒言》刊行于1627年，而《喻世明言》的出版，又早于两书。"三言"虽非同时刊刻，但是它们的编印，却无疑是一个有计划的工作。

《喻世明言》原名《古今小说》，本来是编者给自己纂

《醒世恒言》插图

■《三言二拍》伯牙抚琴蜡像

辑的几部通俗小说选集所拟定的一个总名。当《古今小说》增订再版的时候，书名已改为《喻世明言》。而在正式出版的时候，它们都各自标明了自己的书名，即《警世通言》和《醒世恒言》。结果，《古今小说》反而成了《喻世明言》的一个异名了。

"三言"的作者冯梦龙不是一个普通艺匠，而是个心底有生活的独具慧眼的文史大家。他对于这120篇小说并非单纯地收集和交付书商刻印，而是进行了一次谨慎的遴选工作。

只要拿早于冯梦龙的洪楩编选的《清平山堂话本》和"三言"比较一下，就不难看出，除独具艺术魅力的优秀之作《快嘴李翠莲记》未被收进"三言"中以外，其他冯梦龙书中没有录选的，大多是一些平庸之作。

因此，尽管"三言"还不是宋元明三代话本小说的全集，但它几乎把当时广泛流行的脍炙人口的作品网罗无遗了。"三言"一出，就成为当时的畅销书，其流传之广，读者之多，以及影响之深远，在古代短篇小说中几乎没有能与之相比的。

冯梦龙作为一个作家，正是以其对小说、戏曲、民歌、笑话等通俗文学的创作、收集、整理、编辑，展现了这个时期文艺创作思潮的特点。

　　冯梦龙生活在明代盛极而衰的时候，这是叛逆时代。冯梦龙把自己编选的小说分别题名为《喻世明言》《警世通言》和《醒世恒言》，是同他本人长期形成的小说观念，特别是对小说功能的理解有着密切关系。

　　据说冯梦龙是李贽文学理论的忠实信奉者和实践者。李贽文学思想上一个重要特点是敢于突破封建正统文人鄙视通俗小说戏曲的偏见，把通俗小说中的《水浒传》等和《史记》并列，从而提高了小说、戏曲的文学价值。

　　冯梦龙也是如此，在"三言"的各篇能体现冯氏小说观的序中，都一致强调了小说的社会教化功能。"三言"之所以能吸引人的原因，是它的艺术感染力和它激励人、影响人精神的作用。作者公开为

自己的小说选集命名为"喻世""警世""醒世"，是想通过小说来劝谕世人、警戒世人、唤醒世人。并且，冯梦龙对《喻世明言》《警世通言》和《醒世恒言》三部小说整理与编辑的创作，是本着坚持发扬儒学的基本精神，并包容其他文化思想的思维方式而创作的。

　　在这里值得注意的是冯梦龙所提倡宣扬的儒学精神是先秦的儒学精神，这里也包含了一些释、道思想，

《警世通言》插图

■ 冯梦龙画像

中庸之道 是我国古代唯物主义哲学观点论，出自儒家文化的《中庸》。中庸之道是人生的大道，事业成功、生活与健康的根本理论。亦即君子之道，是传统儒家修行的法宝。是由孔子提倡、子思阐发的提高人的基本道德、精神修养以达到天人合一、太平和合境界的一整套理论与方法。

而不是宋明之际提倡宣扬的"存天理，灭人欲"的理学。

冯梦龙所提倡宣扬的先秦儒学是他高扬个体感性的一种方式。先秦以孔子为代表的儒学，其道德伦理的核心是"仁"学，"仁"学在某种意义上说，就是人本主义的人学，认为所谓"爱人""爱众"为指归。而"爱人""爱众"就是尊重人的感性存在。

《礼记》说的"仁者，人也"，孔子之所以重视"仁学"就因为在他看来，只有仁人才能推行礼制，不然"人而不仁，如礼何"，这与冯梦龙的文艺思想有着共同之处。

具体到冯梦龙的"三言"，其在思想上主要体现为儒家的"中庸之道"。冯梦龙生活在明朝中晚期社会背景下，他有意无意地、自觉不自觉地接受了"中和之美"的熏陶，在"三言"这个白话短篇小说领域中垦拓出一片"中和之美"的艺术天地。

因此，冯梦龙要求自己小说的内容"不害于风化，不谬于圣贤，不戾于诗书经史"以求"令人为忠臣，为孝子，为贤牧，为良友，为义夫，为节妇，为树德之士，为积善之家，如是而已矣"。

"三言"在总体的情感形式上呈现"乐而不淫，哀而不伤"的中和形式，在"三言"中我们看不到纯粹意义上的悲剧或喜剧。情感表达上通过悲喜交织，让悲喜趋向中和，通过这种情感形式使人得到审美享受的同时，又不至于使人有过分强烈的情感刺激。例如《杨思温燕山逢故人》，这个故事整体看来是个悲剧，爱情的离合悲欢被嵌入国破家亡的大框架中。

杨思温只是陪衬人物，他因靖康事变，流落燕山，而对燕山元宵灯市，"情绪索然"初露悲剧端倪。杨思温遇见嫂子郑义娘，后者的遭遇加深了悲剧性。

韩思厚出使金国，在秦楼题写吊妻词。杨韩晤面义娘丈夫韩思厚叙说与义娘生死离别境况，追寻义娘遗骨，得遇义娘鬼魂。义娘说："太平之世，人鬼相分，今日之世，人鬼相杂。"

愈见悲凉，但夫妇相见，相约决不辜负对方。悲中透出几分喜气。义娘虽死，而鬼魂时隐时现。又以"喜"淡化了悲剧性。韩思厚背叛义娘，娶妻刘氏，义娘遭遇更令人同情，悲剧性得到强化。

但紧接着义娘魂附刘氏，揪骂韩思厚，在悲剧中掺入喜剧因素。

传奇短篇小说

三言二拍

古籍《礼记》

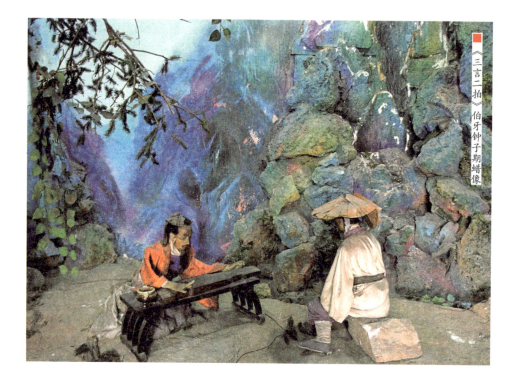

《三言二拍》伯牙钟子期蜡像

最后义娘鬼魂把韩、刘两人拽入水中，则稍快人心。无论女主人公的悲剧命运，还是小说中的悲剧气氛，都未达到惨痛的地步，读者的心理也趋于平衡。

喜剧中的"中和之美"的情感形式，在"三言"中也十分突出，"中和之美"在喜剧的本质上，表现为"乐而不淫"，即要求喜剧性不应过度，而要恰当。

讽刺喜剧较之幽默喜剧，其讽刺、嘲弄的程度更为强烈，其主人公多为作者批判的对象，揭示其虚伪可笑的本质，撕破其毫无价值却伪装有价值的假面，用笑声去否定和鞭挞丑恶的人和事。

而幽默喜剧对喜剧人物虽作某种讽刺，但程度较轻微，作者对喜剧人物会露出会心的微笑，喜剧人物未必是坏人，只不过性格、行为具有某种弱点、缺陷，这是一种轻松的喜剧。

儒家的"中和之美"制约"三言"的喜剧艺术，造成讽刺喜剧少，幽默喜剧多的情况。

　　"三言"体现儒家中庸之道还有一种形式，即悲剧主人公既有痛苦遭遇，又有幸福结局，两者矛盾统一，中和平衡。例如《玉堂春落难遇夫》中，玉堂春与王景隆有段欢乐光阴，不久离散，玉堂春被鸨儿骗卖，身陷囹圄，几乎惨死，但结局为两人团聚。

　　《乐小官团圆破毡笠》和《范鳅儿双镜重圆》等篇男女主人公历尽磨难，终于团圆。痛苦、灾难，悲剧性的遭遇，在叙事结构上用喜剧性的结尾来冲淡。作品遵从传统的大团圆结局，典型地体现了儒家"中和之美"的美学理想。

　　"三言"的"中和之美"的艺术形式是冯梦龙在晚明对当时文坛的一种匡正与革新，为通俗世情小说的发展注入了新的活力。它从单纯的伦理说教或色情描写中走出，成为一部儒雅与情俗，艺术真实与生活真实高度融合的杰作，在中国小说史上闪耀着永恒的光辉！

阅读链接

　　"三言"所收录的作品，无论是宋元时期旧篇，还是明代新作和冯梦龙拟作，都不同程度地经过冯梦龙增删和润饰。这些作品，题材广泛，内容复杂。有对正直官吏德行的赞扬，有对友谊、爱情的歌颂和对背信弃义、负心行为的斥责。更值得注意的，有不少作品描写了市井百姓的生活。如《施润泽滩阙遇友》《蒋兴哥重会珍珠衫》《杜十娘怒沉百宝箱》《卖油郎独占花魁》等。

　　在这些作品里，强调人的感情和人的价值应该得到尊重，是充满生命活力的市民思想意识的体现。"三言"中的优秀作品，既重视故事完整，情节曲折和细节丰富，又调动了多种表现手段，刻画人物性格。它的刊行，推动了短篇小说的发展和繁荣，标志着我国短篇白话小说的民族风格和特点已经形成。

构思奇巧的"三言"小说

《喻世明言》插图

"三言"在艺术上有许多新的突破。与宋元时期的话本相比较,它的描写更为细腻,并注重心理的刻画,结构也日臻完整,情节更加曲折动人。

在矛盾斗争的尖锐性、人物性格的充满锋芒与语言描写等方面,具有浓烈的生活气息,却又不及宋元时期旧作,而且往往插入过多的抽象说教、刻意追求情节的曲折离奇等,这些都有损于作品的思想性和艺术性。

在"三言"中，人物的塑造，称得上是典型性格者，也不是寥寥几个，而是群像罗列，相互辉映，即使一些次要人物，有的也写得颇为传神。

在编织故事上，既有紧张激烈的冲突的营造，又有气象万千、惊心动魄的纽结；在节奏的处理上，善于在错综交织的矛盾中，用抒情的笔调进行点染，从而获得荡气回肠的诗意效果；在

《三言二拍》人物白娘子

艺术手法，既有大笔勾勒，也有工笔细描，繁笔简笔交错进行，而且在作品的许多节骨眼儿上，都倾注着作者的强烈感情。

曲折动人的情节。明代的白话短篇小说在描写爱情婚姻题材时，显得比宋元话本更为细腻，情节更加曲折复杂。如《蒋兴哥重会珍珠衫》，蒋兴哥与三巧儿感情笃厚，过了几年幸福的夫妻生活。

小说在此呈现出一种和谐美满的气氛，但由于蒋兴哥在外经商抛下妻子多年不归，三巧儿在薛婆的欺骗和陈大郎的引诱下，终于背叛与蒋的誓言，并将蒋兴哥所赠的传家之宝珍珠衫赠与陈。后来，被蒋兴哥发觉，一纸休书将三巧儿送回娘家。

王三巧对蒋兴哥的感情原来也是很深的，被休以后，想到的也是自己负了丈夫的恩情。情节发展到这里，似乎蒋兴哥与三巧儿的感情完全割绝，但是峰回路转，三巧儿被迫无奈嫁与吴杰进士做妾，蒋兴哥在吴杰所任县内因人命官司而受审。

最终三巧儿与蒋兴哥久别重逢，抱头痛哭。当吴杰县主看出他们不是兄妹，而是夫妻时，让三巧儿重回蒋兴哥的身边。整个故事的发展呈现出平和的迹象。在叙事结构上用喜剧性的结尾来冲淡，作品遵从传统的大团圆结局。

爱情婚姻题材中的轻喜剧是《乔太守乱点鸳鸯谱》。小说写了三对青年男女的婚姻纠葛。刘、孙、裴三家先由儿女亲家变成冤家，最后由乔太守乱点鸳鸯谱而重新组合结为亲家，皆大欢喜。

小说的喜剧性来自计中计，错中错，经过几起几落的盘旋，让读者领略了小说家结构喜剧情节的艺术才能，在捧腹大笑中还获得了不少哲学启示。

"三言"中此类作品还有不少，如《金玉奴棒打薄情郎》《唐解元一笑姻缘》《白娘子永镇雷峰塔》等，在生活色彩、思想深度、艺术魅力等方面，都有可称道之处。

通俗易懂的语言。冯梦龙在编辑"三言"时，对语言通俗化下了一番功夫，这和他的文学思想也有密切关系。他认为文言作品只能被少数人欣赏，而难以为广大人民所理解，更不能震动他们的心灵；要使群众理解而且受到感动，写文章就一定要用通俗语言。

作者在谈到自己的艺术时，就把"通俗"看作话

小说经典

著名古典小说的魅力

太守 古代官名。原为战国时代郡守的尊称。西汉景帝时，郡守改称为"太守"，战国时期各国在边地设郡，派官防守，官名为"守"。属于武职，后来逐渐成为地方行政长官。秦统一后，每个郡都设置郡守，用来治理民政。明清时期则称为"知府"。

本能否流传的决定性条件之一。冯梦龙在整理、改编和加工"三言"的过程中恪守这一原则，多采用通俗语，并且从民间提炼了不少生动活泼的谚语、比喻，用以反映生活场景，描绘人物风神，从而大大丰富和扩展了小说语言的表现能力。

"三言"中的优秀作品，写人物对话，尤为生动、逼真，贴合人物的身份，具有性格化的特色。"三言"以它的思想的新颖和艺术的魅力，一经出版，即震动了当时的小说界。

明末清初的文坛曾经出现了一个有相当规模的短篇小说的收集和创作的热潮，而且效颦之作蜂起。其中成就显著的是凌濛初。他的初刻和二刻《拍案惊奇》就是在"三言"的直接影响下产生的。

巧妙多变的构思。在"三言"的不少篇章中，充

文言　古代的一种书面语言，主要包括以先秦时期口语为基础而形成的书面语。文言文是相对白话文而来的，其特征是以文字为基础来写作，注重典故、骈骊对仗、音律工整而且不使用标点，包含策、诗、词、曲、八股、骈文古文等多种文体。现代书籍中的文言文，为了便于阅读理解，一般都会对其标注标点符号。

传奇短篇小说

三言二拍

■ 金玉奴棒打薄情郎

白描 是中国画技法名，指单用墨色线条勾描形象而不施彩色的画法；白描也是文学表现手法之一，主要用朴素简炼文字描摹形象，不重词藻修饰与渲染烘托。

分显示了我国小说家的巧思。"三言"的情节艺术安排得非常巧妙，作者把那些最动人心弦的、最典型的事件，经过精心地提炼、奇妙地布局、意匠地经营，达到了"钦异拔新，洞心骇目"的效果。

在《十五贯戏言成巧祸》中，如果没有那一连串的巧合的情节，就很难丰富地展示陈二姐与崔宁这一对青年男女无辜被杀的冤狱，当然也就谈不上对封建官僚机构进行无情的鞭挞。非常偶然的巧合，在这里却体现出了高度生活真实的必然，显示了自然而丰富的"巧"的魅力。

传神的白描手法。"三言"塑造的许多性格鲜明的艺术形象，主要是通过富有个性特征的语言和动作而表现的，这是我国古代小说塑造人物的重要特点。"三言"多善于用一系列生动的情节去叙述人物。

如《崔待诏生死冤家》中秀秀和崔宁的对话，一个大胆泼辣，没有一点矜持和扭捏之态，更没有封建道德的负担；一个却谨慎细心，在关键时刻显示了他对封建人身依附关系的反抗，都反映了下层市民的思想意识。

作者冯梦龙用简洁有力的笔调，用以描绘人物的音

■ 《庄子休鼓盆成大道》

敲碎庄盆不再鼓伊
是何人我是谁

容声貌，通过对话和小动作来渲染人物的风度以达到绘声绘色、传神摹态的境界。它不仅使读者如临其境如见其人，而且给读者留下想象和"再创造"的余地。

冯梦龙在"三言"里的白描，并不是简单的直观形象的描写，而是用简洁、精练的文字，通过粗线条的勾勒和工笔细描相结合的手法，赋予人物以可感的外在形态，为揭示人物的性格、气质、感情提供血肉之躯。

这种形貌白描多着墨不多，却做到了"笔精形似"，能将人物肖像描绘得极为传神，如雕塑立体地呈现于读者眼前。如《沈小霞相会出师表》中，将沈练抱打不平的经过作了绘声绘色的描述。

继承"三言"的"二拍"小说

　　明代中后期，社会风气渐趋淫靡，小说创作也堕入恶道，产生了一大批格调低下的艳情小说。凌濛初认为这些小说亵秽不忍闻，背离了小说创作的"劝善惩恶，有益风化"的宗旨。

　　这时，书商也发来了邀请，由于冯梦龙的"三言"很畅销，书商希望能够出版跟"三言"相类似的小说作品，于是凌濛初在书商的要

■《三言二拍》剪纸许仙与白娘子

■ 凌濛初（1580年—1644年），字玄房，号初成，亦名凌波，一字遐斥（àn），别号即空观主人。明代浙江乌程也就是今浙江湖州吴兴织里镇晟人，明代文学家、小说家和雕版印书家。其著作《初刻拍案惊奇》和《二刻拍案惊奇》与冯梦龙所著《古今小说》（《喻世明言》《警世通言》《醒世恒言》）合称"三言二拍"，是中国古典短篇小说的代表。

求下编撰起《拍案惊奇》。同时，在内容上，他编写小说的目的有进行说教与劝诫的意思。

由于《拍案惊奇》问世后反响极大，销路畅通，在书商的怂恿下，凌濛初又开始了《二刻拍案惊奇》的创作。在小说的取材上，凌濛初所见的宋元旧本，已被冯梦龙搜括殆尽，所以，他就取前人书中的古今杂碎事，经过再加工，融入了他的思想个性和风格，创作成为新的小说。

凌濛初虽仿效冯梦龙编著"二拍"，但他的思想较之冯梦龙却相对复杂保守。所以，"二拍"的思想内容比"三言"也多有落后保守的倾向，表现出矛盾复杂的状况。

与冯梦龙的反理学倾向相反，凌濛初则是摆出一副道学家的面孔。因此"二拍"中真正反映当时社会的作品相对较少。在明代末期白话小说创作的中，出现像"三言"和"二拍"这种创作思想差距甚大的作品，也反映了当时文人士大夫中不同的思想倾向。

"二拍"的作品多是取材于古今轶事，敷衍成文，以迎合市民的需要。由于作者思想境界所限，作

士大夫 旧时指官吏或较有声望、地位的知识分子，是我国社会特有的产物。通过竞争考试的形式选拔官吏的人事体制，形成了一个特殊的士大夫阶层，就是专门为做官而读书考试的知识分子阶层。是我国社会特有的产物，是知识分子与官僚相结合的产物，是两者的胶着体。

《三言二拍》人物伯牙

品中的思想内容极为复杂。

正面肯定商人形象。明代中叶以后，随着商品经济和资本主义萌芽，商人的社会地位有了很大的提高。在"二拍"中，无论是那些正面描写还是间接描写商人的作品，都真实地反映了这一情况。

以"利息多少为重轻"，不仅成为商人的生活准则，而且已扩及影响了整个社会的习俗和风气。这种社会风气的新变化，正是这时期商品经济和资本主义萌芽发展以及商人社会地位提高的反映。"二拍"中关于这些方面的描写，真实反映了当时社会生活中的新变化。

正是从这个视角出发，"二拍"中有一部分作品是以商人为主人公的。虽然数量不多，却是颇具特色的，作者在这些作品中通过对当时一些商人经商活动的成败得失，心理活动乃至周围人们对他们的看法、态度的描写，生动而又真实地反映了这个时期商人这阶层的生活、思想和愿望，塑造了新的文学形象，表现了新的时代特色。

如《初刻拍案惊奇》卷1《转运汉遇巧洞庭红，波斯胡指破鼍龙壳》和《二刻拍案惊奇》卷37《叠居奇程客得助，三救厄海神显灵》这两个短篇，就是这样的作品。

前者描写一个"百做百不着"，屡遭失败的倒运商人而转运成为巨富；后者则描写一个连亏血本而流落他乡的商人程宰，在海神的帮助指点下，通过囤积居奇的手段，终于发财致富，衣锦还乡。

作者生动而又细腻地描写他们发财致富的全过程，反映了这个时期商人们希望通过新的手段和途径，以获得财富的愿望。体现了明末市民阶层中商人的新的变化和新特点。

这两个短篇的人物，想通过海外贸易和囤积居奇而发财致富的特点，不但反映了市民阶层中商人的新变化和新特点，而且也反映了明末社会经济的新变化和新发展。

歌颂男女真挚爱情。"二拍"中占比例最重的，还是有关男女婚姻爱情题材的作品，作者通过男女青年的种种曲折的悲欢离合的故事，歌颂了青年男女坚贞不渝的爱情。例如《初刻拍案惊奇》卷22《大姊魂游完宿愿，小妹病起续前缘》，描写兴娘对崔生的真挚爱情，还很动人，但死后借妹体团聚，终涉鬼魂，在构思上毕竟与过去此类作品大同小异。

《初刻拍案惊奇》卷9《宣徽院仕女秋千会，清安寺夫妇笑啼啼》写一对色目人青年男女的真挚爱情，不无特色，但男女主人公的团聚，虽非借助于鬼魂，却还是死后复活。

此类作品，写得最有特色的，还是《初刻拍案惊奇》卷25《赵司户千里遗音，苏小娟一诗正果》这一篇。作品写的是赵宋宗室赵不敏与钱塘名妓苏盼盼的真挚爱情。赵在功名未成时，在苏盼盼的真诚帮助下终于科第高捷，取得功名，被授襄阳司户。

传奇短篇小说

三言二拍

《二刻拍案惊奇》插图

媒妁 即媒人，其中，"媒"指职业撮合人，"妁"指临时撮合人。又称月老、大冰、伐柯人、红娘等。旧时婚姻，常请人说合，通两家之好。多为妇女担任，故又称媒婆。媒有单媒和双媒之别，双媒指替男家办事的男媒与替女家办事的女媒。

■ 《二刻拍案惊奇》插图

赵赴任后，虽与苏盼盼分居两地，但终不负心。他曾多方托人为苏盼盼脱籍，却一直未能如愿，最后竟至一别3年。由于互相思念和深笃的爱情，而一在襄阳，一在钱塘同日而死。死前赵不敏与苏盼盼的爱情虽以悲剧告终，他们之间这种死生心似石的深挚的爱情，却洋溢纸上，十分感人。

特别值得注意的是，作者在表现他们之间的真挚爱情时，并没有采取像许多作品所写的那样生前不能结合，死后还来相聚的非现实情节，因而，就特别使人感到亲切和真实。

作者还大胆肯定了青年男女为争取婚姻自由而进行的抗争。例如，《初刻拍案惊奇》卷29《通闺闼坚心灯火，闹图圄捷报旗铃》的罗惜惜和张幼谦，《二刻拍案惊奇》卷6《李将军错认舅，刘氏女诡从夫》中的刘翠翠和金定。

他们都是从小同学相爱，尽管门不当，户不对，既无父母之命，也无媒妁之言，但他们为了争取自身幸福和爱情，大胆自由结合。当她们的父母进行阻挠时，她们表示：今若不依我，我只是死了，决不去嫁人！最后，终于逼使封建家长不得不同意和承认他们的结合。

如果说罗惜惜和张幼谦，刘

翠翠和金定的自由结合，最终毕竟还领得到父母的同意和承认，那么，《二刻拍案惊奇》卷17《同窗友认假作真，女秀才移花接木》中的闻蜚娥和杜子中的结合，则可以说完全是自己来挑选做主。

闻蜚娥因生在一个武官人家，必得个子弟在黉门出入，才能结交斯文士夫，不受人欺侮。她的弟弟又小，所以一向装作男子，到学堂读书。在学堂中，她和同学杜子中、魏撰之结下了深厚的友谊，意气相投，因此，她就"有意要在两个里头拣一个嫁他"。

在互相了解的基础上，又经过了一番共患难的曲折过程，她终于自主地挑上杜子中，得到了美满的结合，并为他们的好友魏撰之成就了婚姻美事。闻蜚娥的父亲对于女儿的自主选择和自由结合既没有从中插手阻挠设障，也没有加以任何非议，而且欣然表示同意。

在这个优秀的短篇中，作者以鲜明的态度，对闻蜚娥大胆自主的行动，给予热情的肯定和赞扬，认为她是"世上堪称女丈夫"，这不能不是作者一种比较进步的观点的体现，也是比较真实地反映了当时的广大青年男女要求婚姻自主的强烈愿望。

在封建社会里，处于社会底层的妇女，贞节问题是封建阶段强加于她们身上的桎梏，作者在"二拍"中也对此提出了挑战。他在《二刻拍案惊奇》卷11《满少卿饥附饱飏，焦文姬生仇死报》这个短篇的开头，针对贞节上的男女不平等，愤慨地写道：

天下好些不平的所在！如男人死了，女人再嫁，便道是失了节，玷了名，污了身子，是个行不得的事，万口訾议。

及至男人家丧了妻子，却又凭他续弦再娶，置妾买婢，做出若干的勾当，把死的丢在脑后，不提起了，并没人道他薄幸负心，做一场说话。就是生前房室之中，女人少有外情，便是老大的丑事，人世羞言。

及至男人家撇了妻子，贪淫好色，宿娼养妓，无所不为，总有议论不是的，不为十分大害。所以女子越加可怜，男人越加放肆。这些也是伏不得女娘们心里的所在。

正是从这个进步的观点出发，我们看到作者对焦文姬不幸遭遇的同情，对满少卿薄幸负心的卑污灵魂的揭露和鞭挞。

作者的这种进步观点，我们可以从他的书中看出来，书中女人的不幸遭遇作者非但没有指责她们，而是竭力肯定了她们的丈夫并没有因她们失节而嫌弃她们。凌濛初的这种观点，就是在今天的我们看来也是非常值得肯定的。

阅读链接

"二拍"有些作品反映了市民生活和他们的思想意识。如《转运汉遇巧洞庭红》写商人泛海经商事，可以看出明代末期商人们追求钱财的强烈欲望。《乌将军一饭必酬》《叠居奇程客得助》等重视商业描写，在以往的短篇小说中非常罕见。

值得一提的是，"奉劝世人行好事，到头原是自周全"的劝谕思想是贯穿"二拍"始终的精髓，如卷15《韩侍郎婢作夫人》的开头中说的一妇人因受商人帮助救出了丈夫，在她去答谢商人的一刹那，商人卧室的房墙倒了，要不是因妇人来答谢的时间巧合，恐怕商人就一命呜呼了，这种行好就有好报的教谕"二拍"中描写得很到位。"二拍"善于组织情节，因此多数篇章有一定的吸引力，语言也较生动。

聊斋志异

《聊斋志异》简称《聊斋》，俗名《鬼狐传》，是清代著名小说家蒲松龄创作的短篇小说集。作品成功地塑造了众多的艺术典型，人物形象鲜明生动，故事情节曲折离奇，结构布局严谨巧妙，文笔简练，描写细腻，堪称我国古典文言短篇小说之巅峰。

《聊斋志异》真实地揭示了现实生活的矛盾，反映了人民的理想、愿望和要求。歌颂生活中的真、善、美，抨击假、恶、丑，是蒲松龄创作《聊斋志异》总的艺术追求，也是这部短篇小说集最突出的思想特色。

志怪小说创作的高峰

小说经典

著名古典小说的魅力

明代末期，在山东淄川蒲家庄有一户富贵人家，家主名为蒲槃。蒲槃小时致力于学习，但是到了20多岁还未能考中秀才，所以弃书从商了。

后来，蒲槃到了40多岁都没有子嗣，便不再积攒家业。于是蒲槃一面闭门读书，一面散其钱财，去周济贫困，建造寺庙，可能是他做的好事感动了天帝，蒲

■ 蒲松龄（1640年—1715年），字留仙，一字剑臣，别号柳泉居士，世称聊斋先生，自称异史氏。生于山东省淄博市淄川区洪山镇蒲家庄。他创作的文言文短篇小说集《聊斋志异》，被世人称为"孤愤之书"，有人称蒲松龄是"世界短篇小说之王"。

槃后来相继有两个儿子出生了。

1640年，农历四月十六夜间，蒲槃做了一个奇怪的梦，他看到一个披着袈裟的和尚，瘦骨嶙峋的，病病歪歪的，走进了他妻子的内室，和尚裸露的胸前有一块铜钱大的膏药，蒲槃惊醒了。

这时蒲槃听到婴儿的啼哭声，原来是他的第三个儿子出生了。在月光的照耀下，蒲槃惊奇地发现，新生的儿子胸前有一块清痣，这块痣的大小、位置，和他梦中所见那个病病歪歪的和尚的膏药完全相符，蒲槃为他取名为"松龄"。

■《聊斋志异》插图

蒲松龄的远祖蒲鲁浑和蒲居仁，做过元代般阳路总管。高祖蒲世广是个廪生，曾祖蒲继芳是个庠生，祖父蒲生讷连秀才也未考取。祖父辈蒲生信，做过玉田知县。但蒲松龄出生时，他的家境已经败落了。

因为家境的衰败，蒲槃没有钱为蒲松龄请老师，便亲自教子读书。蒲松龄天性颖慧，过目不忘，所以在兄弟之中最受父亲的钟爱。

蒲松龄19岁初应童子试，便得到县、府第一的优异成绩。山东学道施闰章很赏识他。他对施闰章的知遇之恩，铭刻于心。进学第二年，蒲松龄就与同邑李尧臣、张笃庆等少年秀才结为郢中诗社。

与此同时，蒲松龄也开始了对志怪传奇类小说的

膏药 中药五大剂型，即丸、散、膏、丹、汤之一，是我国医学的一类古老剂型，其渊源久远，古称薄贴。用植物油或动物油加药熬成胶状物质，涂在布、纸或皮的一面，可以较长时间地贴在患处，主要用来治疗疮疖、消肿痛等。

乡试 古代科举考试之一。唐宋时期称"乡贡""解试"，一般在8月举行，故又称"秋闱"。金代以县试为乡试，由县令为试官，取中者方能应府试。明清两代定为每3年一次，各省主考官均由皇帝钦派，中试称为"举人"，第一名称"解元"，第二名称为"亚元"，中试之举人原则上即获得了选官的资格。

创作，蒲松龄对民间传说故事，极感兴味。在1664年，张历友在《和留仙韵》之二中有句：

司空博物本风流，涪水神刀不可求。

君向黄初闻正始，我从邺下识应侯。

一对结客白莲社，终夜悲歌碧海头。

九点寒烟回首处，不知清梦落齐州。

从张历友这首诗中，已明显地透露了蒲松龄不仅爱好清谈述异，而且在这时已开始志怪传奇类小说的创作了。

科举对蒲松龄并非是直上青云的阶梯。继少年进学初露锋芒之后，"三年复三年"的乡试，却成了他终身难以闯过的关隘。

1664年，蒲松龄读书于李尧臣家，他们"日分明窗，夜分灯火"，在一起专心致志苦读了几年书，但依旧没有考上。

■《聊斋志异》插图

在蒲松龄三十一二岁时，应同乡进士、新任宝应知县、好友孙蕙的邀请，到江苏扬州府宝应县做幕宾。孙蕙请蒲松龄为幕宾，主要是因其为同乡可作亲信助手，蒲松龄才识过人，堪任文牍事，其中当然也有同情蒲松龄落拓不遇、家境窘迫的意思。

《聊斋志异》插图

孙蕙、蒲松龄既是同乡，又是老相识，彼此没有什么隔膜，蒲松龄除代孙蕙作酬酢文字，草拟书启、呈文和告示之类，还常随孙蕙行役河上，或游扬州。蒲松龄对孙蕙体恤民苦，忤河务大员，因而受到弹劾，更是同情。

但不久后，蒲松龄就厌倦了幕宾生活，思家甚切，不时流露愿归返故乡的情思。终于在他32岁这一年的秋天，他辞了幕宾返回故乡。蒲松龄在南方做幕宾的生涯虽然只有一年，但对他的创作生活大有裨益。

首先，这是他一生中唯一的一次远游，大开眼界，饱览风光，开阔了胸襟，陶冶了性情。

一年间，蒲松龄对南方的生活状况、风俗习惯也有所了解，这对他后来创作以南方为背景的志怪小说作品，如《晚霞》《白秋练》和《五通》等显然是不可或缺的。还有《莲香》就是作于南游期间。

其次，幕宾生涯使蒲松龄有机会接触封建官僚机构的各色人等。可以说幕宾一年使他深入到封建官府心脏，熟悉了其中种种内情，这就为他后来在志怪中描绘、揭露官场的弊害生出各种新巧的构思打下了厚实的生活根基。

最后，在作幕宾期间，他还得以接触了南方一些能歌善舞的青年女性，如顾青霞、周小史，蒲松龄都有诗歌咏过她们。在《伤顾青霞》一诗中对这位歌女的不幸早逝，寄以深切的同情和哀伤。

另外，一年幕宾生活使他收集了大量创作素材。在蒲松龄所写的《感愤》诗中写道：

漫向风尘试壮游，
天涯浪迹一孤舟。
新闻总入狐鬼史，
斗酒难消磊块愁。

这不仅表明蒲松龄写作志怪小说时间较长，也说明他积累较多。《巧娘》篇末注明是"高邮翁紫霞"提供的材料。诗中把"狐鬼史"与"磊块愁"联系起来，说明这时作者从南方返乡后，对于志怪小说创作，已有了明确的创作意图，是作为"孤愤"之书来写作了。

《聊斋志异》插图

在蒲松龄创作志怪小说的过程中，他为了收集创作素材，在柳泉边，搭了一个茶棚，凡是进来的人是不收银子的，捧上一壶茶坐下来和客人闲谈，他就专门问一些奇闻逸闻。

1679年，40岁的蒲松龄应同邑毕家聘请，设帐城西西铺庄。主人家藏书丰富，使他得以广泛涉猎。也就是在这年，蒲松龄将自己长期以来所写的志怪小说初次结集，取名为《聊斋志异》，刑部侍郎高珩为之写序，阐述该书之特点和价值。

■《聊斋志异》插图

这时，蒲松龄的艺术才华和《聊斋志异》的价值已受本邑名流所注目。《聊斋志异》结集面世之后，蒲氏仍为生计所迫，坐馆毕家。

来到毕家后条件好了，有石隐园的美景，有万卷楼的藏书，再加馆东的支持，他决心续写完成这部巨著《聊斋志异》。从此他便集中业余的精力投入到收集素材与构思创作中。寒来暑往，日复一日，终于完成了《聊斋志异》。

阅读链接

蒲松龄的同乡好友王士祯对《聊斋志异》特别喜爱，给予了极高评价，并为其作评点，甚至准备用500两黄金购《聊斋志异》的手稿而没有如愿。

据说，作者蒲松龄在写这部书时，专门在家门口开了一家茶馆，请喝茶的人给他讲故事，讲过后可不付茶钱，听完之后再作修改写到书里面去，就这样，写成了这本书。书中写得最美最动人的，是那些人与狐妖、人与鬼神以及人与人之间的纯真爱情的篇章。

脱离束缚的理想生活

小说经典

著名古典小说的魅力

谈鬼是《聊斋志异》的显著特色，500篇小说中，谈及鬼的就有100多篇。

"喜人谈鬼"的蒲松龄在不知不觉中为我们构造了一个从地上挪

《聊斋志异》手稿

《聊斋志异》插图

入地下，从无序升入有序的现实人间。对这个幽冥世
界，无论蒲松龄还是读者都寄寓了无限的憧憬和真诚
的热望，而故事中的人或鬼，也实实在在感觉到了这
世界的亲切和温暖。

　　《聊斋志异》百余篇鬼小说是鬼魂信仰文化的艺
术再现。在民俗生活中，人们往往按照现有的生活生
存状况想象死后的世界。如相信死后的灵魂如生前一
样有一个居处，或坟墓或冥府，而且可以夜间出来拜
访生人等。作为鬼魂信仰的具象，《聊斋志异》的鬼
小说体现了这一民俗文化的特征。

　　《聊斋志异》中诸鬼大多有自己的活动场所。孤
魂野鬼大多住在自己的墓里，如聂小倩就住在上有鸟
巢的大白杨树下的坟墓里。也有聚居的鬼村落，甚

地府 在我国大量
的古代神话和道
教典籍中都有阴
曹地府的记载。
中国人把世界万
物都分为两极，
即阴阳学说，凡
天地万物，死后
其灵魂都在被黑
白二常拘到阴
界。活人在阳
间，死人在阴
间，阳间一个世
界，阴间一个世
界。这也是我国
古代哲学的重要
组成部分。

《聊斋志异》之三分泣别

至如阳间村落一样有名可查，如《巧娘》中傅廉为华三姑传书至"秦女村"。

村落中的鬼魂们各有自己的住宅，《公孙九娘》中的莱阳生甥女就同一媪居住在两椽茅舍子里。但更多的鬼魂死后直奔地府。在《连城》中乔大年一恸而绝，魂魄出窍，遥望南北一路，行人连续如蚁。这"如蚁"的鬼魂都是去阴曹报到的，而连城的鬼魂只能坐在角落，更可见鬼魂聚集之众。

作者凭借这丰厚的鬼魂信仰文化，顺笔写来，故事的构思叙述可谓"好风凭借力，送我上青云"，自然而然地为读者所接受。在当时，百姓们不仅以书信支持作者的写作，而且欣然击节道："君将为魍魉曹丘生，仆何辞齐谐鲁仲连乎？"

这反映了蒲氏所处时代的民俗心态，人们对死亡的态度不是恐惧，而是向往。这种生死观几乎成为一种共识而为人们所津津乐道。

由于对鬼魂信仰的这种下意识的继承和发扬，人们在心理上接受了一种极限的突破，即肉体的生命结束了，精神的生命依然存在。在阳间住不下去了，可以换个地方，转到地下去过日子。

《湘裙》中晏仲醉酒途中遇已死故友梁生，双方都不觉伤感、突兀。而对生死的认识和选择持旷达、务实态度的莫过于祝翁。祝翁年50余岁病逝，忽然复活呼媪同去，说道："转念抛汝一副老皮骨在儿辈手，寒热仰人，亦无生趣，不如从我去。"

在鬼魂信仰中，人们往往把死人的灵魂想象成为活跃而强有力的实体，认为他同生前一样保留着活力并增加了无穷的力量。正是出于对灵魂的这种生活能力的自信心，才使得《聊斋志异》鬼小说中的许多鬼魂在阴间阳界穿梭自如，而且由于免去了生前种种的物质羁绊，生活得比在世时更幸福，更有生趣。

对自然生命的否定和对精神生命的追求使人超越了现实时空的限制，拓展了生存的空间，延续了生存的时间。当然，在客观上也为蒲松龄的"鬼话"提供了一个自由表现的舞台，为进一步表现他的人伦、人情、人文观奠定了一个坚实的基础。

在《聊斋志异》中，鬼界也如人界，有治人者阶层，也有治于人者社会。后者，即众多无权无势的平头"百鬼"们。在《聊斋志异》中大致有4条出路。

一是死后在地下安居乐业，娶妻生子，贩南货北，接着阳间的日子继续过下去；二

059

文言志怪经典

聊斋志异

■《聊斋志异》插图

■ 《聊斋志异》之
考弊司

阎王 又称"阎
罗王""阎摩
罗王""阎魔
王"等，汉译为
"缚"、捆绑、
捉拿有罪过之
人。他能判决人生
前之罪，加以赏
罚。阎罗王的职责
是统领阴间的诸
神，审判人生前的
行为并给予相应
的惩罚。在佛教
中，阎王信仰有很
多各自不同但互
相联系的说法，
如"平等王""双
王"等。

是投胎转世，为自己的灵魂寻
求一个好所在，并借以改变生
前的生存方式，实现自己的人
生理想，价值追求；三是因积
善施德升为鬼仙鬼吏，上升为
统治阶层；四是因德行败坏被
冥律惩罚永世不得脱身，甚至
魂飞魄散。

相比于那些挣扎在各种异
化力量压迫之下的世俗民生，
芸芸众鬼们在那幽冥世界的生
活似乎更自在更温馨。

在移居九泉之后，鬼魂们可以免却征赋、徭役之
苦。因为冥间的一切苦差使都是留给阳间那些品行有
亏、行为不轨的无赖小人去干的。

像掏奈河、涤狱厕等，苦役都由鬼使来阳界勾魂
充作。阎王对地下居民似乎并不相扰。他们可以做自
己的小买卖，过自己的太平日子。如《酒狂》中贾
氏，在阴间卖酒，而且小有声望，甚至与勾魂使者东
灵颇有交情，是一个颇有心计的鬼民。

又如《湘裙》中晏伯死后可以在地下娶妾生子，
而且阿大赴市，阿小随母探亲，一家人其乐融融。

这样鬼民生活，一切模式内容均与阳世无异，却
免去了许多苛捐杂役，像成名那样为了一只蟋蟀而逼
死儿子，辛酸艰难从此可以摆脱了。

他们的日常用度可以仰赖生人化纸而得，不用

为缺少银钱犯愁。如《公孙九娘》中莱阳生甥女言："又蒙赐金帛，儿已得之矣。"

相对于对物质的薄求，鬼魂们更看重精神的满足。这里所说的精神满足，既有个人价值、道德修养的完满实现，又有人伦人情的和谐相处。

在《聊斋志异》中，那些走上转世复活之路的鬼魂大多对未来充满了希冀之情。

如在《莲香》中狐女莲香为了能够托生为人，不惜毁弃自己的多年道行。她把死亡看作是实现爱情理想的跳板，因此说：

道行 佛学名词。道行是说的对天地自然，也就是对天道的领悟，是"炼虚合道"的程度，它影响着修真者的心境、作风和处事的态度，是修真最本质的追求，也是修真自始至终都不应改变的目标。凭借道行可以施展大神通，而且，道行的高低决定着神通的大小。

061

文言志怪经典

聊斋志异

> 子乐生，我自乐死耳。如有缘，十年后可复见。

■《聊斋志异》插图

这里"乐死"实际上也是"乐生"，希望通过死亡改变自己的现存方式，蜕化为人。同篇中的鬼女李氏与桑生相爱，因阴气太重，几乎害了情郎。在生死攸关之际领悟到人鬼异路，有情人难成眷属的怅恨。

为此"每见生人则羡之"，得以附体而生。不论是复活还是转世，都是为了一个目的，即爱情的实现。

对生长于深闺之中的古代女子而言，爱情是最难得、最宝贵的，对爱情的渴望与执着往往使她们不避死亡的威胁。像连城、范十一娘等人，都是为了爱情不惜死一回的女子。但她们的复活才是爱情追求得以实现的最终契机。这样的例子还有《小谢秋容》《鲁公女》等。

"士为知己者死，女为悦己者容"，揭示了封建时代男女人生价值的不同认知方式。在《聊斋志异》中，"知己之感"表现得特别突出。

在女子，表现为对爱情的执着追求。在男子，尤其是那些淹塞仕途的读书人，则更多地表现为把知己的承认看作自己个体价值被认知的标尺、砝码，许多人为此生死相随。如《连城》中的乔生，为报连城的知己之恩，竟然以身殉之，而且说道："仆乐死不愿生矣。"

又如《时生》中描写的叶生，魂随知己丁乘鹤多年，竟领乡荐而忘死，直至见到堂前棺木，才扑地死去。也即最终认识到理想的幻灭，价值的不可实现，才真正死去。

显然，这些士子文人在当时社会中心理负荷是相当沉重的。他人的承认，社会的认可是他们个体价值得以实现的标志。但现实中依靠科举成名的途径是狭窄而拥挤的，许多人甚至在这羊肠小道上颠沛一生也不能实现其个体价值。蒲松龄便是其中酸苦的一员。

在《聊斋志异》中，还有许多落魄文人的鬼魂混迹人间科场，期待科举成名的故事。《司文郎》中的宋生，之所以不愿魂归冥府，乃

黄家古典小说的魅力

在于想看到王生金榜题名，他甚至不惜推迟冥中任用的殊荣等待着。然而王生的败北令他失望至极。

《于去恶》中30年一巡阴曹的张桓侯大受于去恶的爱戴，就是阳世的蒲松龄也翘首以待，他们对于科举制并不反感，更没有否定的意识，只不过从改良的意愿出发，希望换个文官整顿一下秩序而已。

这些死而犹生的鬼魂们，他们骨子里信仰的是儒家的入世、进取的思想，精神上不灭的是儒家的执着与热情。

在《聊斋志异》中，还有许多"鬼话"是写轮回因果报应不爽的。这类小说似乎充满说教与训诫的味道，细细品味，方可体会出文字背后的热情与希望。

在鬼魂信仰中，死亡并不具有否定意义，而是个体生命取得再生。但人在再生之前会有准备与酝酿的阶段，这也就是《聊斋志异》中普遍出现的冥审、冥判。这种心灵的审判并非蒲松龄的创造，而是一种原始信仰的积淀，原始的鬼魂信仰里渗透着道德观念。

人们的品德修养被看作一项精神内容与精神生命共存亡。人们的意识深层普遍存在着人死后要受到冥府审判，其中罪过深重的人就被定罪去受苦，只有正直的人才能到达极乐世界的观念。

蒲公信笔写来，读者放眼观去，之所以毫无造作之痕和接受上的困难，正由此无意识作用的结果。

《聊斋志异》之商三官

在《聊斋志异》中，冥审被描写成一个人从一种生命形式到另一种生命形式的转折点。鬼魂们到达冥府后，阎罗王就稽查其生平所作所为，如果是行善积德的投生一个好所在，来世有个好出身，或升作魁仙鬼吏。

如果是作恶的，酌情按律处罚。如《三生》中的刘孝廉，因生前所行不善先后被罚作马、犬、蛇，历三世才将罪孽赎满，至第四世复投入胎，为刘孝廉。又如《王兰》中的无赖贺才，因日事酗赌死不知改被罚窜铁围山。

而积善施德的往往有好报。例如《水莽草》中，祝生宁愿为鬼，而且百计为其他误食水莽草者驱鬼，终于感动天帝，册封他为"四渎牧龙君"，升为鬼仙。

《布客》中布客本来已名列死籍，因他曾出资建桥方便行人，结果就可延寿命了。在《聊斋志异》中，"勿以恶小而为之，勿因善小而不为"的告诫屡次提出。

阅读链接

在《聊斋志异》中，还有关于地府中的官职是如何选拔的。在第一回就说明了地府的官职也是要通过考试得到。因为他们可是地府之中的"父母官"，处理的是阴间和阳世鬼与鬼之间、鬼与人之间甚至是人与人之间的各种纠纷，所以在人员选拔上就必须要格外的慎重，否则"苛政猛于虎"，为祸就太为惨烈了。

一般的程序是，首先是选取阳世间有修为、积阴德的"乡绅仁子"，让他们进行竞争性的考试，合格以后才可以充任"城隍"或是其他的职位。阴间的考试也是很严肃的一件事，就像科举考试的殿试一般，要阎王亲自把关。

充满和谐的鬼魂世界

在《聊斋志异》中，还表现出了古代百姓对德与法、情与礼、情与理关系的和谐处理，以及祖先崇拜的思想观念。

德与法的和谐。在《聊斋志异》中，阴界不仅管辖自己那儿的事情，更把关注的目光投向阳间。其关注的程度细微到每个人的一言一行、一饮一啄。更周密到每个人的生前死后，来龙去脉。其冥法对每个活人死鬼都负全部责任。因此，阳世

《聊斋志异》插图

著名古典小说的魅力

畜生道 佛教中六道之一。佛教认为世俗的世界是由所谓六道组成，众生就是在这六道中不断地流转轮回。这六道分别为：天道、阿修罗道、人道、畜生道、饿鬼道和地狱道。六道的前三道称为"三乐趣"、后三道称为"三恶趣"。

所有不可解的难题在阴司全部可以解决。

在阳间，官府惩治的是大恶，奖励的是大善，而对那些钻了法律空子的小恶却无能为力，对那些于法难容于情可恕的也不能网开一面。

但是冥律对处理这些难题时就灵活得多。如《酒狂》中的缪水定，品行恶劣，惯于使酒骂座。但并未触犯刑律，官府对他亦无可奈何。阎王就可以"颇恶此辈"为由将其勾魂冥罚。

又如《潞令》中宋国英，身为父母官，作恶多端无人能管，冥法却可以惩治他。同样，对那些有心为善的，也笔笔在录。在《刘姓》中，刘姓因恶贯满盈被冥司勾魂审判，只因曾用300钱使一家夫妻完聚，则免去了坠入畜生道的痛苦。

■《聊斋志异》插图

像这样有法可依有据可查的"法治社会"并非一

味照本宣科，也有其通情达理之处。它在随时纠正人们的错误，也随时允许人改正错误，如《邵九娘》中金氏本因"罪过多端，寿数合尽"，但"念汝改悔，故仅降灾，以示微谴"。

于法于理于情都说得过去，也即寻到了解决"于情可恕，于法难容"矛盾的途径。社会用来维持秩序的"法"与个人用来完善自我的"德"既有对抗性，又有统一性，两者本质上是统一的，都是人们实现其生命价值所必需的辅助手段。

■《聊斋志异》插图

以德生法，以法促德，两者相辅相成和谐共存是建立生存秩序大和谐的理想方式，也是《聊斋志异》鬼魂世界所反映出的"中和之境"的具体模式之一。

情与礼的和谐。我国的"礼"观念由来已久。荀子在其《非相》篇中说：

人之所以为人者非特以其二足而无毛也，以其有辨也……辨莫大于分，分莫大于礼。

"礼"作为一种社会行为准则，时时刻刻规范着人们的言行。遵礼而行就是道

荀子（约前313年—前238年），战国末期著名思想家、文学家、政治家，儒家代表人物之一，时人尊称"荀卿"。荀子对儒家思想有所发展，提倡"性恶论"，其学说常被后人拿来跟孟子的"性善说"比较，荀子对重新整理儒家典籍也有相当显著的贡献。

■ 《聊斋志异》插图

孝 我国现存最早的汉字文献资料殷商甲骨卜辞之中已有"孝"字，这反映出中华民族极为重视孝的观念。孝字写的就是老人与子女的关系。《诗经》中有这么一段话："父兮生我，母兮鞠我，拊我蓄我，长我育我，顾我复我，出入腹我。欲报之德，昊天罔极。"所谓"百善孝为先"，反映中华民族极为重视孝的观念。

德，违礼而行就是不道德。但人同时又是有情的，情感的萌发有时是在"礼"的规范之内的，如"孝""悌"本身就是纲常，但更多的则溢出礼的约束，尤其是男女之间的爱情。

在《聊斋志异》中，这种情与礼的冲突并不罕见，特别是鬼魂世界，对情的执着追求更往往超越了其对礼的自觉遵守。但这类爱情故事最终却多以回归于礼的形式得以大团圆。这就可看出"礼"文化的底蕴在社会中到底有多深了。

在《聊斋志异》中，有许多美丽多情的女鬼耐不住对青年书生的倾慕而蒙羞自荐。

这行为一方面是由"生有约束，死无禁忌"的鬼魂身份所决定的；另一方面，却又根本摆脱不了

"礼"的阴影。女鬼们虽然鼓起勇气自荐枕席，仍然要不无顾忌地问"他无人耶"，唯恐自己的行为被礼所控制的舆论不容。

除了那些大胆热情的女鬼，地下更有一些谨守礼仪、以礼抑情的"淑女"。自觉"人鬼难匹"的宦娘，虽然心慕温如春琴技，却只能躲在暗隅偷学，不敢现身，对礼的遵守可谓毕恭毕敬。

《公孙九娘》中，虽然朱生屡通媒妁，但莱阳生甥女，却始终以"无遵长之命"推辞，其恭敬恪守于礼的程度不啻阳世淑媛。

《聊斋志异》中对礼的自觉维护在《湘裙》中表现尤其突出。湘裙对晏仲有意，不提防泄漏心事，即遭到其姐诟骂。湘裙也愧愤哭欲觅死。双方都表现出了对礼的认同和自觉。虽然"情"与"礼"出现了对立，但最终还是以符合礼的形式，即兄妾送湘裙与晏仲完婚使"情"得以实现。

■ 《聊斋志异》故事插图

在这里，"情"既受到"礼"的约束，"礼"又对"情"作了稍稍让步，最终以"情"与"礼"的和谐相处方式解决问题。此类例子还有《聂小倩》《鲁公女》等。

情与理的和谐。众所周知，我国是一个伦理社会，我国文化的精神基础是伦理。传统的伦理精神上着重表现在两方面，一是从家庭成员的和谐出发，表现在："父慈子孝""兄友弟恭"等理念上；二是考虑到家系的传承与延续，主要表现在"不孝有三，无后为大"等理念上。

前者是一种同时限的和谐，后者则是一种超时限的和谐。两者都体现了一种追求和谐人际关系的精神。

在《聊斋志异》中，褒扬"孝""悌"这方面内容的小说有《席方平》《张诚》和《湘裙》等篇。在这些小说中，父子兄弟亲情与社会规则之"理"出现了和谐共存的局面，甚至"理"为"情"让路。

如《席方平》，冥府中为褒扬席方平的"孝"，使席父得以延寿，90余岁而卒。又如《湘裙》中晏仲为了哥哥有后而悉心抚育其鬼子，爱如己出。异史氏为此叹说："天下之友爱如仲，几人哉……阳绝阴嗣，此皆不忍死兄之诚心所格。"

这些不论因"孝"还是因"悌"所得的奖赏按冥律都是破格的。如果按律行事，席父60余岁便应寿尽，仲兄更是理应无后，出现这样奇迹是不可能的，诚如作者所言："在人无此理，在天宁有此数乎！"

情与理的矛盾是人们在追求和谐的人际关系时经常遇到的问题。现实中，两者常常是不可调和的。

但在鬼魂的世界里，人们却找到了解决矛盾的途径和方法，即"通情达理"。使"理"向"情"靠近，使"情"向"理"归依。既实现了形式上的和谐，又满足了内容上的要求，从而实现了人际关系的真正大和谐。

祖先崇拜。作为一种"超时限的和谐"的人际关系，祖先崇拜的目的，是通过对共同祖先的崇拜而协调家族家属的人际关系，这已超出了原始的鬼神信仰的质朴本色，而带有了浓重的不可离析的人文韵味和功利色彩。

8元 中国邮政 CHINA

中国古典文学名著 聊斋志异

■《聊斋志异》邮票

著名古典小说的魅力

法力 在道教中认为是施展法术的力量源泉，可以通过修炼获得。随着修炼时间的增加，法力也逐渐会增加。另外，神仙所使用的特殊力量也称为法力。

《聊斋志异》中涉及对已故祖先崇拜的小说有《陈锡九》《刘夫人》等。在这些小说中，对祖先的魂灵既有崇敬仰视的畏惧心态，又有希望借祖宗法力解决目前实际困难的功利心态。

如《陈锡九》，陈千里寻父骨，暮宿野寺，遭野鬼欺凌。死后为大行总管的父亲为他解了危难，而且帮助他把已被岳父强逼回去的妻子夺了回来。又因孝行得赐黄金万斤，摆脱了经济困境。

祖宗的威力是很大的，借助它的向心力可以改善现实中已恶化的人际关系，社会处境，崇拜它绝无坏处，这是尚用务实的国人心态的折射，也是最普通最实在的世俗民生对生活的理想寄托。

如《刘夫人》中荆卿、玉卿本系大家之后，却落

■《聊斋志异》插图

■《聊斋志异》插图

到"非鸥鸦即驽骀"的地步。由其鬼祖母刘夫人代为物色的经纪人廉生不但为他们重创了家业，而且使兄弟亲戚"往来最稔"，使原先僵化的关系得以缓和和谐。因此，对祖先的崇拜不只源自一种家人的依恋，还有更深刻更现实的物质要求和精神祈祷在里面。

在伦理社会，家族的和谐是由一个死去的共同的祖先来维持的，要使这一和谐继续下去，对祖先就不仅要崇拜、纪念，更要使这崇拜、纪念继续下去，这即是"延续香火"的目的。

实质上，"香火"是对祖先崇拜的最高表示。在《聊斋志异》中，有许多鬼妻生子的故事，如《巧娘》《晚霞》《聂小倩》等。在这些小说中，一家人能够其乐融融，和谐共处，原因固然很多，但能生子却

总管 含义颇多，古代官名，为地方高级军政长官、军事长官或管理专门事务的行政长官的职称，或旧时富豪人家管理奴仆或事务的人等。清代内务府设内务府总管大臣，掌管宫廷事务，其属官有行宫总管，专管热河行宫事务。

小说经典

著名古典小说的魅力

■《聊斋志异》插图

香火 古时候香火指人们烧香燃火祭祀的行为。可以引申祭祀神祇、佛祖的人，意思就是信徒。也可以引申为祭祀祖先的人。香火也指后辈烧香燃火祭祖，故断了香火就指无子嗣。古时有一说，"不孝有三，无后为大"，即没有后代传承香火是最大的不孝。

是其中必不可少甚至是起重要作用的因素。

如聂小倩，无论对宁采臣的情还是对宁母的礼，都可以说无可挑剔。但宁母却害怕她不能延宗嗣而犹豫不决。直至小倩告白说："子女惟天所授……不以鬼妻而遂夺也。"

宁母才放心地接受这个儿媳妇。又如《巧娘》，如果不是"抱子告母。母视之，体貌丰伟，不类鬼物"，巧娘被婆婆接纳恐怕还须费些周折。

从这些小说中反映出的人们对"香火"的重视足可透视出"祖先崇拜"意识的巨大支配作用。由于我国特有的伦理文化，人们总希望家族世系能不断地绵延下去。

要达到这个目的，最有效的方法就是借一个共同的祖先的存在而整合所有的子孙，借这崇拜的向心力，不但使家系绵延不断，而且使亲属关系和谐均衡，这也就是数千年来我国人民最重要的价值重心之所系，维持"家系"与维持"香火"就成为同义的名词，两者谋求的都是伦理社会的长久的最高的和谐，即人际关系的和谐。

在《聊斋志异》鬼小说中的几种文化现象，可以看到在这个满漾着温暖的烟火气息，流淌着亲切的人伦亲情的鬼魂世界中，鬼法与人法无异但更清明，鬼德与人德无异但更纯正，鬼礼与人礼无异但更圆融，鬼情与人情无异但更真诚，从而也就使人感觉到鬼域与人域无异但更和谐。

整个鬼魂世界就是一个温馨清朗有序的理想国

■《聊斋志异》之潜藏神逐

度。作者同其中的"国民"一样，对现实人生并未厌倦厌弃，而是始终保持着乐观进取的精神，怀着满腔的热情和希望积极地参与生活的一切过程，并孜孜不倦地追求着广大和谐的生命价值的实现。这也正是《聊斋志异》百余篇鬼小说的文化精髓所在。

阅读链接

《聊斋志异》中，阴间的鬼差们可以在阴间娶妻生子外，其余的小鬼则无一例外地到阳间来找自己的真爱，小说集中就有众多的女鬼来到阳间找书生，不但可以在一起生活，并且很多的女鬼还可以为书生留下一点血脉，如《伍秋月》中的女主角，她不但可以和书生生活，更离奇的是在死了许多年以后还可以复活。

至于男鬼生子，书中描写不多，只是在《土偶》中有"冥中念尔苦节，故令我归，与汝生一子承祧绪。"马姓的男鬼与他的老婆生了一个儿子，在小说集中其他地方再也没有见到类似的事情。

仗义行侠的人物形象

在小说中大量描写豪侠义
士，这一传统也是唐人传奇建
立起来的。豪侠义士是唐人传
奇中充满生命力和道德感的形
象。他们仗义行侠，鄙弃财
禄，必要时可置生死于度外，
重名节，讲信用，以生得壮
烈、死得磊落为自豪。

《聊斋志异》的主角是
"狂生"、狐女，而他们大都
具有侠的风采。或昂扬乐观，
倜傥卓异，乐于在狐鬼的天地
里一发豪兴，比如《章阿端》
中的"卫辉戚生"；或恩怨分

《聊斋志异》插图

蒲松龄塑像

明，言必信，行必果。比如《大力将军》中的查伊璜、吴六一，《田七郎》中的田七郎，或矢志复仇，"利与害非所计及也"。

女侠的复仇尤其惊心动魄，商三官亲自杀了害死自己父亲的仇人。细侯为了回到满生的身边，甚至手刃了"抱中儿"，就是她和那个陷害人的"龌龊商"所生的孩子。

《聊斋志异》无疑是对唐人传奇的发扬光大，但《聊斋志异》豪侠题材的魅力，绝不仅仅在于它沿着唐人传奇的轨迹平稳运行。

蒲松龄是一个具有强烈历史意识的作家，所谓历史意识，就是他不仅了解自己的时代意义和背景，也了解文学的传统，在时代和传统的双重背景下，他敏锐地意识到自己在时间中的地位，自己应该从背景中浮现出来。

蒲松龄是实现了他的创新目的。他笔下的豪侠题材尽管是传统的，但他借以表达的对理想的生命形态的向往之情却是新鲜的。

如果说《商三官》《伍秋月》《窦氏》《向杲》《席方平》等作品中的刚烈顽强，不屈不挠地介入社会人生冲突的豪侠具有较多继承的意味，那么，《青凤》《陆判》《章阿端》《小谢》《秦生》中纵逸不羁、自然纯朴、富于浪漫情怀和少年壮志的豪侠则给予更多创新的色彩。

《聊斋志异》描写了大量生性不羁的"狂生"，在恐怖的狐鬼世界里，在令人"口噤闭而不言"的阴森气氛中，反倒兴致淋漓，情绪热烈。如卷1《狐嫁女》中的殷天官，文中这样描写他：

> 少贫，有胆略。邑有故家之第，广数十亩，楼宇连亘。常见怪异，以故废无居人；久之，蓬蒿渐满，白昼亦无敢入者，会公与诸生饮，或戏云："有能寄此一宿者，共醵为筵。"
>
> 公跃起曰："是亦何难！"携一席往。

《狐嫁女》 故事中主人公殷天官的原型，是明代"历下四诗人"之一的殷士儋。该传说与殷士儋的父亲殷汝麟精通术数有关。殷汝麟年轻时就喜欢术数，他能够推测殷士儋中举的时间和自己的死期。殷士儋继承了父亲的法术，晚年也准确地自测了死期。后来蒲松龄往来郡城济南，有所听闻，于是就把殷士儋年轻时的传说改写为《狐嫁女》。

文言志怪经典 聊斋志异

这种摧枯拉朽的气概，这种意气雄放的生命形态，所体现的正是侠的精神。

如《青凤》中的耿去病、《陆判》中的朱尔旦、《捉鬼射狐》中的李著明、《胡四相公》中的"莱芜张虚一"、《章阿端》中的"卫辉戒生"等人物，也都是这类豪放自纵、性情不羁的狂生。

荒亭空宅，杂草蓊郁，鬼鸣狐啸，怪异迭现，而这些狂生却能无所芥蒂地进入其中，他们欣赏着其中的怪异，以其面对怪异的坦然风度征服了狐

《聊斋志异》插图

鬼。结果，情节的进展大大出乎人们的意料。

　　狐鬼世界的恐怖阴森往往只是"鄙琐者自怪之耳"，实际上倒是光风霁月、富于诗意的。而且看殷天官进入那座"常见怪异""蓬蒿渐满"的"故家之第"后的情形：

　　　　（天官）坐良久，更兄少异……一更向尽，恍惚欲寐。楼下有履声，籍籍而上。假寐睨之，见一青衣人，挑莲灯，粹见公，惊而却退。语后人曰："有生人在。"

　　　　问："谁也？"

　　　　答："不识。"

　　　　俄一老翁上，就公谛视，曰："此殷尚书，其睡已酣。但办吾事，相公侧觉，或不叱怪。"

　　　　乃相率入楼。楼门尽辟。移时，往来者益众。楼上灯辉如昼。公稍稍转侧，作嚏咳。翁闻公醒，乃出，跪而言曰：

"小人有箕帚女，令在于归。不意有触贵人，望勿深罪。"

公起，曳之曰："不如今夕嘉礼，惭无以贺。"

翁曰："贵人光临，压除凶煞，幸矣。即烦陪坐，倍益光宠。"

公喜，应之。

　　殷天官处变不惊，以安闲镇静的风度面对突发事件，群狐非但不与天官为难，还矜持不已地奉之为座上宾，说明豪迈的人生气概是可以改变我们生活的色调的。

　　在《小谢》和《陆判》等篇章中所展开的也是类似的情节，令人回味不止的情景。陶望三与小谢、秋容的患难与共的爱情，陆判与朱尔旦的友谊等。

　　这正如清代点评家但明伦所说：

　　妖固由人兴山……今狐之言曰："相公偶觉，或不叱怪。"可知狐本不为怪，特鄙琐者自怪之耳。以偶觉之人，狐且尊之敬之，况能养浩然之气者哉！

　　蒲松龄以此表达出他的一片情愫，对于不羁的狂生来说，没有什么是真正可怕的，恰恰是在"鄙琐者"所不敢涉足的生活领域内，他们可以大有作为。这里，狂生的无所疑惧的豪情与英雄的积极奋发的

《聊斋志异》插图

人生态度无疑是相通的。

在《聊斋志异》中，狂生的不羁风度还时常和酒联系在一起。

一是这是因为"狂"作为一种豪放自纵、富于激情，富于胆略的性格，在生活中常常衍化成奔放、洒脱的状态，因而与酒结下了不解之缘。

汉代郦食其谒见刘邦时自称"高阳酒徒"，即意在表明自己气度不凡。唐代诗人李白《少年行》这样写游侠的生活：

五陵年少金市东，
银鞍白马度春风。
落花踏尽游何处？
笑入胡姬酒肆中。

■《聊斋志异》插图

入酒肆，意在豪饮自不必饶舌。

二是由于"狂"总是与耿直，方正、浪漫情调密切相关，一旦在社会生活中碰壁，便情不自禁地在艺术的天地里追求自由、放达的境界，即使处于顺境，也不妨壮思腾飞，欲揽明月，借酒力超越凡近。

蒲松龄是深知个中因缘

的人，所以对酒亢满下亲切之感。他在诗中一再写到饮酒的豪兴，把这作为自己生命力的一种爆发，郁闷和失意，全部消解于其中，而憧憬和展望，也在放歌纵饮的节拍中得以自然流露。

蒲松龄这种与酒相依为命的情感，清代点评家但明伦体会到了。

《聊斋志异》卷1《考城隍》"有花有酒春常在，无烛无灯夜自明"句下，但评说："至有花有酒二语，亦自写其胸襟尔。"

在蒲松龄笔下，那些他所欣赏的狂生，无不有着极高的酒兴。

如卷1《娇娜》中，孔生与公子下帷攻读，相约5天一饮。《孤嫁女》中，殷天官贸然闯入狐的天地，参与的一项重要活动即是饮酒。《青凤》对狂放不羁的耿去病的处理也是喝酒。

卷2《陆判》生性豪放的朱尔旦与陆判每聚必饮。卷7《郭秀才》由饮酒引出一片飘逸不凡的意趣。卷10《神女》写米生因孟浪举动，竟得与神女缔结良缘。

从这些篇章中我们不难看出，这种种情节安排也可感受到蒲松龄对饮酒的激赏之情。这在《聊斋志

■《聊斋志异》插图

秀才　别称茂才，原指才之秀者，始见于《管子·小匡》。汉代以来成荐举人才的科目之一。亦曾作为学校生员的专称。读书人被称为秀才始于明清时代，但"秀才"之名却源于南北朝时期。其实"秀才"原本并非泛指读书人，《礼记》称才能秀异之士为"秀士"，这是"秀才"一词的最早来源。最早有秀才之称的，是西汉初期的贾谊。

河豚 为哺乳纲淡水豚科动物的统称。淡水豚总科属鲸目，拥有四个栖息于淡水河流及河口的现存海豚科品种：当中三个生活在淡水河中；而另外一个品种，即普拉塔河豚则是生活在咸水河口及近岸海洋，然而，于科学分类中，它仍被列为淡水豚总科而不是海豚科。未成年的淡水豚为灰色，成熟后就会变为粉红色。

异》卷5《秦生》尤饶韵味，文中写道：

> 莱州秦生，制药酒，误投毒味，未忍倾弃，封而置之。积年余，夜适思饮，而允所得酒．忽忆所藏。启封嗅之，芳烈喷溢，肠痒涎流，不可制止。取盏将尝，妻苦劝谏。
>
> 生笑曰："快饮而死，胜于馋渴而死多矣。"一盏既尽，倒瓶再斟。妻覆其瓶，满屋流溢。土伏地而牛饮之。少时，腹痛口噤，中夜而卒。

■《聊斋志异》插图

清代学者冯镇峦在"忽忆所藏"下批道："较舍命食河豚者稍觉韵致。"又在"中夜而卒"下批道："拼将一死消馋渴，殁去犹堪作酒仙。"

冯镇峦是看出了蒲松龄创作是忘我的。如果变个角度，把酒换成另外饮品或食品，那么秦生所作所为，其韵致就要大打折扣了。唯其是酒，唯因传统文化赋予了酒特殊的蕴含，秦生的举止才令读者会心一笑。

蒲松龄对饮酒的欣赏，其实是对一种气魄的欣赏，是对

■《聊斋志异》插图

浪漫情怀和少年壮志的欣赏。

在卷2《酒友》中的车生是个颇多豪侠气概的男子汉，他每夜不喝酒就不能睡觉，所以在他床头"樽常不空"，后来竟因此而与狐成了"酒友"。

一夜车生睡醒，翻身时，感觉旁边有东西卧着，一摸，毛茸茸的像是猫但是比猫大，车生点灯一看原来是只狐狸，喝醉了在自己旁边睡着了。车生看看自己的酒瓶，已经空了，知道是狐喝掉了，忍不住笑道："此我酒友也。"

然后车生给狐狸盖上自己的衣服抱着它睡了。

这是多么坦荡的胸襟，在人际交往中不含一丝机心，这是豪侠精神的题中应有之意，属于"豪放不羁"的范畴。从不含机心、真率旷达的角度看，《黄

樽 我国古代的一种大中型盛酒器，盛行于商代至西周时期，春秋后期已经少见。商周至战国时期，还有另外一类盛酒器牺樽。樽器表面多饰有凸起的扉棱，雕铸着繁绳厚重的蕉叶、云雷和兽面纹，显得雄浑而神秘。

小说经典

著名古典小说的魅力

英》更加传神。

本篇有个富于象征意味的"醉陶"，黄英的弟弟陶生在一次大醉后，恢复原形，化为菊花，"短干粉朵，嗅之有酒香，名之'醉陶'，浇以酒则茂"。

这个意象来源于对晋代诗人陶渊明的理解。据南朝梁时期文学家萧统的《陶渊明传》中记录，陶渊明对酒和菊花别具深情，任彭泽令时，文中写道：

公田悉令吏种秫，曰："吾常得醉于酒，足矣。"

尝九月九日出宅边菊丛中坐，久之，满手把菊，忽值弘送酒至，即便就酌，醉而归。

由此可见菊花和酒在陶渊明生活中的位置。而它们与陶渊明的直率、旷达是联系在一起。小说中的黄英、陶三郎姊弟是作为陶渊明的后代出场的。他们身上，自然地秉承着乃祖气质。

黄英的丈夫马子才，安贫乐道，耿介清高，虽然在对待

■ 陶渊明（约365年—427年），字元亮，又名潜，世称靖节先生，浔阳柴桑人。东晋末期南朝宋初期诗人、文学家、辞赋家、散文家。曾做过几年小官，后辞官回家，从此隐居，田园生活是陶渊明诗的主要题材，相关作品有《归园田居》《桃花源记》《五柳先生传》和《归去来兮辞》等。

财富一事上略显迂腐，但在人际交往中充分表现出不含机心的风度。比如，他在知晓黄英的菊精身份后，不仅无丝毫疑忌，反而"益爱敬之"，所以能始终保持家庭的幸福，生一女，后女长成，嫁于世家，黄英终老，与马子才幸福度日。

■《聊斋志异》插图

但是，在《葛巾》中的常大用，癖好牡丹，却不够旷达。牡丹花精幻化的女子葛巾、玉版，在与常大用及其弟成婚后，感情和谐，家又日益富贵。遗憾的是，常大用机心太重，他根据种种疑点判断二女可能是"花妖"，于是多番试探。所以结局是悲剧性的，葛巾、玉版痛感在猜疑中无法共同生活，遂离他们而去。他们所生的儿子也化为虚无。

蒲松龄借此表明了一点，就是"不含机心"者，与狐鬼精魅能融洽地生活，反之，则会受到惩罚，或结局难堪。"不含机心"是蒲松龄所向往的人性境界。就这一点而言，一些烂漫可爱的女子如婴宁、小谢、房文淑，其重要性可与"狂生"相提并论。

返璞归真，没有尘俗的卑琐龌龊，无拘无束，一任性灵自由舒展，这些形象无疑是作家所向往的人性境界在艺术中的展现。

牡丹 原产于我国西部秦岭和大巴山一带山区，为多年生落叶小灌木，生长缓慢，株型小。牡丹是我国特有的木本名贵花卉，有数千年的自然生长和两千多年的人工栽培历史。牡丹花被拥戴为花中之王，有关文化和绘画作品很丰富。牡丹素有"国色天香""花中之王"的美称。

《聊斋志异》之信梦失牛

牛飞第一百

邑人某赊一牛颇健饭。夜梦牛生两翼飞去,以为不样。疑有丧失。牵牛市口,抽偿偿焉。之以中途金暂骨上锥尾近。夫远见有鹰食残葺近。平远光有鹰食残骨处。为剿逮以中头整型骨茎。鹰遽攫执把批拥拥举义之。瞻去犹犹犹犹犹每前定数不可逃也。古始知定数本难逃也。价为鹰知定。在归不带。得真来意。顺真飞震。夢牛生翼。信梦失牛。

蒲松龄在表现她们时,着力渲染其超尘拔俗的爽朗豪放,赋予作品浓郁的抒情意味。

总之,《聊斋志异》用浪漫主义的创作方法,造奇设幻,描绘鬼狐世界,从而形成了独特的艺术特色,博采我国历代文言文短篇小说以及史传文学艺术精华,成为了我国文言短篇志怪小说的巅峰之作。

小说经典

著名古典小说的魅力

阅读链接

鬼死了以后在阴间生活如何,多数的文学作品中写他们在那里受苦受难,十八层地狱是阴间常有的景象,可在《聊斋志异》里所构想的阴间,除了这样一些血腥的东西以外,还有另外一些游戏玩乐的场景,如在《鬼令》中众鬼在他事之余尚可以携三五侣而游宴,其宴中酒令也颇有趣,如展先生酒令"口字推上去,一口一大钟"。

鬼与鬼可以游宴,更多的是与阳世之人的快乐生活,如小说集中的众拉鬼秀才,来到阳世或是以文会友,或是饮宴我令,其生活潇洒快乐,无所羁绊让人想到更多的是我国古代的隐士与侠客。

白话历史演义

东周列国志

　　《东周列国志》是明末小说家冯梦龙撰写的一部历史演义小说。这部小说由古白话写成，主要描写了从西周宣王时期直至秦始皇统一六国这五百多年的历史。

　　《东周列国志》与其他史书一样，以国家的兴亡成败为主题，致力探讨气运盛衰、人事成败之间转化变迁的因果关系。作者通过人物命运的沉浮，形象地告诉人们，能否注重道义，任用贤能是判断一个国家前途命运的最根本的依据。

梳理史实的演义小说

　　春秋战国时期是我国重要的历史时期，列国之间战争的故事历代被人传诵。至宋元年间话本小说兴起，这些散乱流传的故事，便成为话本小说创作者进行加工创作的好题材。故而在宋元的讲史话本中，出现了《七国春秋平话》《秦并六国平话》等。

　　历史延续至明代嘉靖、万历年间，时值历史小说创作的高潮时期，春秋战国这段波澜壮阔的历史又成为历史小说创作者看好的题材。明代嘉靖、隆庆年间，余邵鱼始起发轫，根据历史书籍的记述，吸取话本成果加工写成《列国志传》，使列国故事初具规模，但又有诸多错误。

　　后来，明代末文学家冯梦龙凭据史传，把《列国志传》改编

古籍《左传》

■《东周列国志》
插图

为108回的《新列国志》，于明代末期刊行。后清代蔡元放为《新列国志》加了序、读法、详细的评语和简要的注释，并改名为《东周列国志》。

《东周列国志》写的是西周末年，就是公元前789年至秦统一六国，就是公元前221年，包括春秋、战国500多年间的历史故事，内容相当丰富复杂。《东周列国志》所叙述的历史，正是这样一个时代，所有的故事，都是在这样一个大背景下展开的。

其中叙写的事实，取材于《战国策》《左传》《国语》和《史记》4部史书，将分散的历史故事和人物传记按照时间顺序穿插编排，冶为一炉，成为一部结构完整的历史演义。

秦汉时期前的一些史学家为了某种原则立场，对历史事件的叙述和评价，有时会隐而不言，把意思深

《史记》由司马迁撰写的我国古代第一部纪传体通史，是《二十五史》的第一部，记载了从传说中的黄帝至汉武帝后期长达3000年左右的历史。《史记》最初没有书名，或称《太史公书》《太史公传》，也称《太史公》。《史记》与宋代司马光编撰的《资治通鉴》并称"史学双璧"。

■《东周列国志》
插图

藏在记述的文字中，没有一定见地的人，很难发觉，更谈不上理解了。

而《东周列国志》的通俗之处，正是将《战国策》《左传》《国语》和《史记》4部史书中暗礁一样的文字弄得水落石出，大家一看便心知眼明，种种是非善恶，忠奸智愚，毕露于光天化日之下。这是作者编写此书的用意。

《东周列国志》是一部章回体的长篇历史小说，是除《三国演义》以外流传最广、影响较大的历史演义类小说，但比之《三国演义》，《东周列国志》能够客观、公正、忠于正史，不存在尊谁贬谁的问题，这一点至少不会像《三国演义》那样有误导读者之嫌。

《东周列国志》文字通畅，把春秋战国纷繁复杂的历史编排得有条不紊，有些故事因在史籍中就有较丰富的素材和一定的戏剧性，经过作者的加工，显得有声有色，如"郑庄公掘地见母""晋重耳周游列国""孙武子演阵斩美姬"等，使之在明代同类小说中，成为上乘之作。

《东周列国志》所叙述的500多年间，英雄辈出，群星灿烂，千百年后，虽不乏其人，但这一时期的人和事，在历史上最突出，最典型，它几乎是后世是非成败的理论源头，更是后人行事为人的标准和榜样。

小说通过丰富而生动的故事情节，赞扬了从善入流、赏罚严明、胸怀大度的王侯和忠贞、有勇有谋的将相，也赞扬了那些见义勇为、机智果敢的豪侠。

小说描写了幽王残暴无道，引起西戎之乱。平王东迁，从此周王室逐渐衰弱，诸侯国互相兼并，互相争霸。在诸侯国内部，大夫的势力也越来越大，他们之间也互相兼并，致使有的诸侯国为大夫所瓜分，接着出现了"七雄并峙"的局面。频繁的兼并战争，给广大人民带来了无穷的灾难和痛苦。

小说谴责和揭露了那些昏聩、残暴、荒淫、愚昧的帝王、诸侯以及贪婪、奸诈、阴险的佞臣，赞扬了从善如流、赏罚严明、胸怀大度的王侯和忠贞、勇敢、有才干的将相，也颂扬了那些见义勇为、机智果敢的豪侠。

小说结构布局主次分明、繁简得当。虽然头绪纷繁，矛盾错综复杂，但来龙去脉交代清楚，不仅整个历史时代的发展变化得到如实的反映，各诸侯国的发展、变化，各国之间

《三国演义》插图

伍子胥像

的关系，都写得条分缕析。

　　小说故事性强，每个故事既有相对的独立性，又是全书的一部分。许多故事描述得娓娓动听，引人入胜。如"卫懿公好鹤亡国""西门豹乔送河伯妇""伍子胥微服过昭关"等。

　　由于小说反映了五六百年的历史，不可能有贯串始终的人物形象，但在不少篇章里，人物形象描绘得还相当生动，如管夷吾的博学奇才、鲍叔牙的苦心荐贤等，又如伍子胥、介子推、廉颇等都写得个性鲜明。

小说经典

著名古典小说的魅力

阅读链接

　　《东周列国志》之所以未上四大名著的原因，我认为最有可能的原因是四大名著是从题材上所提出的代表性古典小说，《西游记》属于神仙传之列，《红楼》则是封建家庭，《水浒》是农民起义，《三国》属军事谋略，而《东周》与《三国》题材相同。

　　《三国演义》相比较来说主线明显，主要人物不是非常多，所以容易被大家记住。而读过《东周列国志》的人一定都会有类似感受就是，此小说没有主线，它只有阶段性主线，更多的就是靠历史时间的推进而展开剧情的，而且春秋战国时期本来就是诸侯割据，吞并和弑立新君的事情此起彼伏，所以读完后很难一下子梳理清楚。但是《东周列国志》非常耐读，而且里面出现的历史典故和重要人物层出不穷，所以《东周列国志》绝对是可以与四大古典名著比肩的优秀作品。

蕴含治国道理的小说

　　春秋末期，由于社会经济、政治和文化的进一步发展，各诸侯国的阶级关系发生了根本变化。长期兼并战争的结果，改变了大国争霸的形势，出现了我国历史上的战国时期，形成了秦、齐、楚、燕、

《东周列国志》插图

■ 七贤祠内程婴塑像

战国七雄 指我国历史上春秋战国时期7个最强的诸侯国的统称。春秋时期无数次战争使诸侯国的数量大大减少，至战国时期实力最强的7个诸侯国分别为齐、楚、秦、燕、赵、魏和韩，这7个国家被史学家称作"战国七雄"。

赵、魏、韩7个大国称雄的局面，史称"战国七雄"。

剧烈的统一战争自此开始，频繁的兼并战争，给人民带来了无穷的灾难和痛苦。作者通过人物命运的沉浮，形象地告诉人们，得民心者得天下。道义是对天意的阐发，天意就是民心。民心存，其政举，民心亡，其政息。这种人本主义的观点，是有进步意义的。

小说通过丰富而生动的故事情节，赞扬了从善如流、赏罚严明、胸怀大度的王侯和忠贞、有勇有谋的将相，也赞扬了那些见义勇为、机智果敢的豪侠。列国之中，上至君王，下至卿士，守信立身，不惜功名生命的事例，比比皆是。

程婴牺牲自己的儿子，救出赵氏孤儿，忍辱偷生，终于复国。豫让因智伯以国士待之，决意以国士报答，在智伯死后，几次为智伯复仇，就义之前，仍请求将智伯仇敌的衣服用剑斩过，以了心愿。

田光向燕太子丹举荐荆轲，图谋刺杀秦始皇，为守机密，自刎而死。当时的忠义之士，往往如此，千百年后仍使人感动敬慕。

勾践身负灭国之耻，心怀复国大志，他的刚强、勇毅，不计荣辱生死，克制私欲，礼贤下士，以非凡的耐力和恒心，10年生聚，10年教训，终于以少胜多，摧毁强敌，称霸天下。像这样反败为胜、变弱为强的事例，还见于晋文公重耳，吴大夫伍子胥等段落之中。

人生立志，应该放眼至高至远之处，当以造福苍生、泽及万世为念，这样的榜样有孔子、管仲、子产。他们的思想以仁爱为根本，他们拥有安定天下、惠及万民的志向，对真理永无止境的追求，引导君王走向内圣外王的正途，施行的政令，富民强国，成为后世政治参照的法则。

与这些正面人生形成鲜明对比的是，小说也塑造了一些昏聩、残暴、荒淫无耻的帝王、诸侯等统治者，和贪婪、奸诈、阴险的佞臣小人。作者对他们揭露与鞭挞的态度也自然而然地融入情节的进展之中。

春秋时期，最先强大起来的是郑庄公，小说里面

勾践知耻图

■ 齐桓公雕塑

鲍叔牙 （约前723年—前644年），春秋时代齐国大夫，管仲的好朋友。后来管仲侍奉齐襄公的儿子公子纠，鲍叔牙侍奉公子纠的弟弟公子小白。小白返国继承君位之后，公子纠被杀，管仲被囚车运送回国。鲍叔牙推荐管仲当上了宰相，被时人誉为"管鲍之交""鲍子遗风"。

把他描写成一个奸诈阴险的小人，因此历史地位并不高。

郑庄之后有齐桓公，齐桓公小白得鲍叔牙的帮助，击败管仲辅助的公子纠，从而成为齐恒公，后又任管仲为相，因其任人唯信，兼听纳谏，又得管仲、鲍叔牙之大才，很快就雄霸天下。

但其结局悲惨，困死宫中，死后各子相争数岁不休，齐国也因此渐渐失去了霸主之位。

齐桓公之后，重耳续伯，自深得民心的申生死后，年轻时的晋文公重耳便多有磨难，30岁上逃走天涯，先后流走齐、楚、秦等无数国家，取齐女秦女为妻。只因一帮志同道合如介子推等人的帮助方幸而得生。

秦公三平晋乱，最终还是把他推上了晋国国君的宝座，老来得国的重耳继承齐桓公的霸业，兢兢业业把国家治理得无比强大。"不飞则已，一飞冲天，不鸣则已，鸣必惊人"的楚之大鸟，因国乱而三年隐若之后果如他之言，一下飞上了乱世春秋的高空，成为一方霸主，这就是缔造了绝缨大宴的楚庄王。

而后的楚平王昏庸，竟占儿媳为己有，又听谗言，欲死太子以绝后患，因而牢伍奢，诱杀其子，幸得伍员逃得一生，一夜间愁发皆白之后逃离楚国，后落根于吴，也因他的再生，几使楚丘和越国覆灭于吴国之手。

这个有着太多传奇的伍子胥，叩开了吴越春秋的大门。吴王阖闾之后，伍子胥荐夫差而得王，然而夫差不听子胥忠言，放回已困多年的越王勾践夫妇，最终导致吴国灭于这个重生后兢兢业业，一心为复仇而卧薪尝胆的人手里。

紧接着晋国三分天下为韩、赵、魏。大概春秋时期的历史就到此了，之后的战国史，小说写得相对简单得多，也没有像赵氏孤儿那样纷繁复杂的故事。

《东周列国志》描写战国部分虽然不比春秋部分那么庞大，但也十分精彩，卫鞅入秦变法，西门豹、吴起的故事等，但给读者记忆深刻的当数孙膑、庞涓、苏秦、张仪等人，四人皆是鬼谷子的弟子，孙膑、庞涓学兵法，苏秦、张仪习游说。

孙膑后为庞涓所害，几死于魏，佯疯才得脱归齐国，后马陵道万箭射死庞涓。苏秦游说六国联合抗击秦国，就是历史上著名的合纵，张仪助秦，后几次破苏秦的合纵之谋。两人皆为游说之士。小说中，他们算不得什么伟大人物。

苏秦先一贫如洗，后因游说而富贵还家，按小说的观点，其是为了自己而行游说之事，全不顾国家以后的发展，他后面的日子尤为明显，结局

■ 孙膑画像

悲惨自不必说。

苏秦张仪之后，多出如孟尝君、信陵君、平原君这样的好客之士，在他们门下，养士多达数千人，但所养之士也多无用，不能为国出谋划策，也不能为之身死。

当然蔺相如、廉颇这样的大将之才也是有的，白起长平一战坑杀赵卒40万余。再后期，秦王翦、赵李牧等出现，王翦是秦并吞六国的主力统帅，兵越千里，战功显著。

纵观东周几百年，无外乎一个"乱"字，乱世春秋，父子相残、兄弟相争、父夺子爱，子通其母、兄妹相通等并不足为奇。

春秋时期，多有谋国之能臣如管仲、百里奚、赵盾等，也多有谋国之君如郑庄公、齐桓公、楚庄王等，但之后，谋国之君和谋国之臣越来越少，多出将才而无相才者，再之后，只剩家养士人的君子，当然如信陵君这些也堪为国才，但所养之士少有用者。

再之后，仅剩将领之才了。将领之后就只剩贪赃枉法、卖国卖家的郭开之流，唯秦王政为治国之君，任人唯贤。下面也有一帮如王翦、李斯等的能臣，也难怪秦能并吞六国而统一天下。

阅读链接

《东周列国志》中蕴含着诸多的天命意识。天命意识在我国古代有着悠久的历史。当时由于生产力低下，人类知识能力有限，故将很多无能为力的事情归于上天，所以很早就有了"受命于天"的说法。

在《东周列国志》中，也体现着这一思想。在作品第一回，作者写周宣王准备再次讨伐姜戎，在市上闻童谣："月将升，日将没，檿弧箕箙，几亡周国。"后褒姒蛊惑君心，欺辱嫡母，害得周幽王国破家亡，印证了童谣，作者也认为"天数已定宣王之时也"。

儒林外史

　　《儒林外史》是由清代小说家吴敬梓创作的章回体长篇小说。全书共56回，47万字，描写了近200个人物。小说假托明代，实际反映的是清代康熙乾隆时期科举制度下读书人的功名和生活，是一部以知识分子为主要描写对象的长篇小说。

　　《儒林外史》具有悲喜交融的美学风格，真实地展示出了讽刺对象中戚谐组合、悲喜交织的二重结构，显示出滑稽的现实背后隐藏着的悲剧性内蕴，从而给读者以双重的审美感受，是我国古代讽刺文学的典范。

喜剧意味的讽刺小说

　　1710年的清代，吴敬梓出生在一个官僚家庭。吴敬梓13岁的时候母亲去世了，14岁的他随父吴霖起至赣榆任所。在父亲的督促下，吴敬梓不倦地学习着，他"读书才过目，辄能背诵"，开始显露出文学才华。

　　吴敬梓的家庭与环境，使他窥见了八股文写作的门径，他深切渴望有朝一日能在科场上大显身手。1722

　■ 吴敬梓（1701年—1754年），清代最伟大的小说家之一，安徽全椒人。字敏轩，号粒民，因家有"文木山房"，所以晚年自称"文木老人"，又因自家乡安徽全椒移至江苏南京秦淮河畔，故又称"秦淮寓客"。他一生创作了大量的诗歌、散文和史学研究著作，有《文木山房诗文集》12卷，今存4卷。不过，确立他在中国文学史上的杰出地位的，是他创作的长篇讽刺小说《儒林外史》。

■ 清代科举考试

年，吴霖起因病辞官，吴敬梓陪送父亲从赣榆返回故里，但吴霖起终于一病不起。

吴敬梓23岁时高中秀才，也就是在这年，父吴霖起病故。从此吴敬梓的生活发生了根本的变化。先是族人们倚仗人多势众，提出了分家的要求。在一场争夺遗产的内战中，孤立无援的吴敬梓终以失败告终，留给他的资财寥寥无几。

分家之后，吴敬梓的病弱的妻子陶氏也因不甘忍受族人的欺凌，饮恨而死。他对人生、社会的看法也由此发生了变化。

吴敬梓从小慷慨好施，不到10年就把家产荡尽，开始了穷困潦倒的生涯，这时，他在科举道路上也很不得意。考取秀才以后，一直没有中举。

1729年，吴敬梓到滁州去应科考，由于"文章大好人大怪"，他有被黜落的危险，幸亏后来遇到一位姓李的学政，才破格加以录取。到了秋季，他参加乡

八股文 也称"时文""制艺""制义""八比文""四书文"，是我国明、清两朝考试制度所规定的一种特殊文体。八股文专讲形式、没有内容，文章的每个段落死守在固定的格式里面，连字数都有一定的限制，人们只是按照题目的字义敷衍成文。

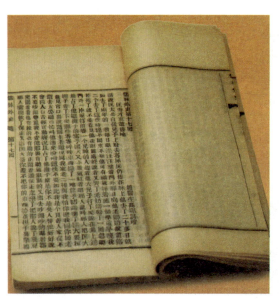

試，卻又名落孫山。這件事使他對科舉制度的本質有了更深刻的認識和體驗。

科舉考試上的失敗，親友故交或拒之門外，或避於路途，於是，在1733年，他33歲時，懷著忿懑的心情，同他新娶的續弦夫人葉氏自全椒移居南京秦淮水亭。

在南京的日子裡，吳敬梓結識了當時許多著名學者、文人，甚至與道士、藝人頻相往來。特別是他還從程廷祚、樊聖謨等朋友中，接觸到清初進步的哲學思想，這都為他後來寫作《儒林外史》提供了不少素材，也得到了思想藝術構思上的哲理啟示。

1736年，吳敬梓36歲時，安徽巡撫趙國麟行文舉薦他到北京應"博學鴻詞"科的考試，他以病辭。開始時他還有些後悔，後來看到堂兄吳檠、友人程廷祚落選而歸，卻又感到慶幸，從此他不再應考，再一次用實際行動對科舉制度作出否定。與此同時，他開始了《儒林外史》的創作。

幾經波折，吳敬梓對科舉制度的弊端有了深刻認識，再不應鄉試，也放棄了"諸生籍"，不願再走科舉仕進的道路，唱出了"恩不甚兮輕絕，休說功名"的心聲，甘願以素約貧困的生活終老。

吳敬梓的生活陷入困境，常典當度日，甚至斷

■《儒林外史》

秦淮 河名，流經南京，秦淮水系發源地為句容赤山湖，是南京名勝之一。相傳，秦始皇南巡至龍藏浦，發現有王氣，於是鑿方山，斷長壟為瀆入於江，以泄王氣，故名秦淮。

程晉芳 （1718年—1784年），清代經學家、詩人。1771年進士，由內閣中書改授吏部主事，遷員外郎，被舉薦纂修《四庫全書》。著述甚豐，著名的有《藏園詩》30卷、《勉和齋文》10卷等。

炊挨饿。由富贵跌到贫困的逆境里，他备尝了人情冷暖、世态炎凉，对社会有了更清醒、冷峻的观察和认识。他逐渐看到了官僚的徇私舞弊，豪绅的武断乡曲，膏粱子弟的平庸昏聩，利欲熏心，名士的附庸风雅和清客们的招摇撞骗，以及他们翻手为云覆手为雨的卑污灵魂和丑恶嘴脸。

这一切都使吴敬梓很自然地产生愤世嫉俗的感情。他的愤激之情，甚至达到了"嫉时文士如仇"的地步。生活的巨变，也为他开拓了与下层人民接触的机会，使他有可能看到底层人民的一些优秀品质，这无疑对他的思想产生了深远影响。

艰难的生活并没有使吴敬梓屈服，1751年，当乾隆首次南巡，在南京举行征召许多文人迎銮献诗时，吴敬梓并没有去应试，而是像东汉狂士向栩一样"企脚高卧"。

吴敬梓生活的最后几年，常从南京到扬州访友求助，常诵"人生只合扬州死"的诗句。不幸言中，1754年，吴敬梓在扬州与朋友欢聚之后，溘然而逝，结束了他坎坷磊落的一生。

吴敬梓

后来，根据程晋芳《怀人诗》中"外史纪儒林，刻画何工妍。吾为斯人悲，竟以稗说传"的记录，知道《儒林外史》最晚在他49岁时已经完成。此后数年，他还在不断修改，但主要精力已转向学术研究。

《儒林外史》所写人物，大都实有其人。吴敬梓取材于现实

■ 清代街市生活场景

士林，人物原型多为周围的亲友、相识相知者。如杜慎卿、马纯上、虞育德、庄绍光、迟衡山和牛布衣等。

杜少卿则是作者的自况，他的主要事迹与吴敬梓基本相同，而且是按照生活中原有的时间顺序安排的，如杜少卿在父亲去世后的"平居豪举"，借病不参加博学鸿词的廷试、祭泰伯祠等。

作者在生活原型的基础上撷取适当的素材，通过想象虚构，加以典型化，取得了很大成功。《儒林外史》是饱含著作者的血泪，熔铸着亲身的生活体验，带有强烈的作家个性的作品。

《儒林外史》是我国文学史上一部杰出的现实主义的长篇讽刺小说。全书故事情节虽没有一个主干，但有一个中心贯穿其间，就是反对科举制度和封建礼教的毒害，讽刺因热衷功名富贵而造成的极端虚伪、恶劣的社会风习。

这样的思想内容，是以准确、生动、洗练的白话语言，栩栩如生的人物形象塑造，优美细腻的景物描写，出色的讽刺手法等艺术手段表现的，特别是喜剧艺术的表现获得了巨大的成功。美学的喜剧，就在于它的喜，是和笑形影相随的。

以美写丑的和以美写美的滑稽美。崇高与滑稽、美和丑，都是相联系而存在的。在吴敬梓的笔下，表现了滑稽美，也表现了滑稽丑；用艺术表现的滑稽美，肯定了正面人物的滑稽性，否定了反面人物的丑恶性。

《儒林外史》创作于清初以"八股文"取士制度对社会的毒害愈来愈深的时期，其艺术价值有两方面，再现封建科举制度下各类被讽刺的文士面貌，深刻抨击这个制度的弊害。如贪官污吏汤知县、王惠和土豪劣绅，便是醉心科举、装满八股的皮囊。"斗方名士"牛玉圃、景兰江等，趋炎附势，也是这种制度下产生的怪物。

通过上述的人物，反映出封建社会后期吏治腐败，道德败坏和封建礼教的虚伪、残酷。

通过刻画一批正面人物形象，表现作者美的理想。书中有反对科举、蔑视功名的清高正直的知识分子，如王冕、杜少卿、沈琼枝等；又有4个"市井奇人"季遐中、王太、盖宽、荆元，靠自己的手艺自食

■ 清代茶馆

知县 古代官名。秦汉时期县令为一县的主官。唐代称佐官代理县令为"知县事"。宋代常派遣朝官为县的长官，管理一县行政，称"知县事"，简称"知县"，如当地驻有戍兵，并兼兵马都监或监押，兼管军事。元代县的主官改称"县尹"，明清时期以知县为一县的正式长官，正七品。

讽刺文学典范

儒林外史

清代酒馆场景复原

其力，以琴棋诗画自娱，过着颇有艺术风味的独立生活。在上述人物身上，虽反映了当时时代思潮中新的先进因素，但终究越不出传统儒家的思想范围。

在吴敬梓的心目中，孝就是一种善，一种美。但在描写时，他采取异乎寻常的方式，构成一种滑稽美。写王冕每逢春光明媚的时节，就戴上自己做的一顶极高的帽子，身穿宽大的衣服，手中拿着鞭子，嘴里唱着歌，驾着牛车，载着母亲到处游玩，惹得三五成群的小孩跟在后面笑，他却毫不介意。

王冕的这种特殊的帽子，特殊的服装，特殊的行动方式，就必然在当时的环境中形成特殊的印象，与常人的一般心理状态形成了差别，在这种正面人物身上，就形成了以美写美的滑稽美。

以惯性的突变，造成偶然性，形成了人与环境不协调的艺术美。《儒林外史》第十回写蘧公孙结婚时大摆酒席，正在觥筹交错，众宾欢乐之际，突然"乒乓"一声，从屋梁上掉下一个东西来，不左不右、不上不下，端端正正地掉在燕窝碗里，原来是梁上走滑了脚的一只老鼠。它将碗打翻，泼了一桌子菜，又跳到新郎官身上，把崭新的衣服都搞油了。

此时，一个厨役正端菜上桌，由于抬头看戏，走了神，忘其所以，把盘子里的粉汤和碗一齐打在地上。恰好两只狗赶上来吃。他又急又气，一只脚向狗踢去。想不到用力太猛，狗未踢着，倒把一只鞋踢脱了。

鞋踢起有丈把高，滴溜溜地滚到一桌宴席上，把一盘猪肉心的烧卖和一盘鹅油白糖蒸的饺儿以及一大碗素粉八宝攒汤打得稀巴烂，把一个正在伸着筷子到嘴边的陈和甫吓了一大跳。

这些情景，不管是走滑脚的老鼠，还是新婚的蘧公孙，不管是端菜的厨役，还是宴席上的客人，都是无法料到的，但它们不先不后地闯了起来，因而造成了气氛的突变，打破了正常的平静，引起了环境

清代年画过新年

的遽变，从而产生了人和环境的不协调，这就形成了滑稽，引起人们情不自禁地发笑。

喜剧作为一种特殊的审美范畴，有着不同一般的意义。喜剧绝不是指庸俗肤浅的"噱头"、逗乐，正如清代戏剧家李渔说，喜剧"于嬉笑诙谐中包含大文章"。

喜剧的审美效果是笑，它是在欣赏者生理上的集中反映，和喜悦的心理相联系，具有深刻的社会内容。喜剧是对社会生活矛盾的特殊反映，它使人在大笑之后感到一种震撼，继而引起对人生、对社会的严肃思考，并从中悟出某种哲理。

例如，在《儒林外史》中，作者以讽刺的笔调，描绘了贪官污吏、劣绅恶棍、腐儒蠹禄的丑恶形象，他们是可笑的、卑鄙的。读者看后在笑声中而引起深思，对封建社会的落后愚昧的状态感受到重重苦涩。

喜剧"寓庄于谐"，在惩恶扬善方面，有着十分有效的道德力量。喜剧性的审美意义在于它能让人在笑声中看到旧世界、旧事物内在的空虚和无价值，同时也增强追求美的愿望。

古籍《儒林外史》

笑的批判是一种居高临下的批判，比一般批判更有道德作用：一方面它像一把手术刀，帮助沾有恶习的人剜去思想毒瘤；另一方面喜剧又像一支预防针，让健康人增强免疫力。

用夸饰手段，突出地表现艺术形象的特性。《儒林外史》中表现滑稽，就采取过夸大的手法，又采取过缩小的手法。

第六回写严监生临死不肯咽气，老是伸出两个手指头，众家人不知其意，只有他小老婆懂他的心思，原是灯盏里点了两根灯草，怕费了油。所以等他小老婆挑掉一根后，严监生点了点头，立即断了气。

■ 清代仕女生活图

土财主因怕费油而不肯咽气显然是夸张之笔。但这种夸张只是限于怕多点一根灯草，因而乃是一种缩小写法，入木三分地揭露了土财主的吝啬。

第三十八回写郭孝子万里寻父，深山遇虎，一跤跌倒在地，不省人事。老虎却不吃他，用鼻孔对着郭孝子脸上闻，不料老虎的一根胡须戳进郭孝子鼻孔里去，戳出一个大喷嚏来，把老虎吓了一大跳，忙转身跑了，结果跌到深涧中摔死了。

这种描写，显然是一种夸大，它几乎达到荒诞的程度，给人以异常滑稽的感觉。

《儒林外史》的夸饰语言洗练而富于形象性，常以三言两语，使人物"穷形尽相"。如第二回中写夏总甲：

两只红眼边，一副锅铁脸，几根黄胡子，歪戴着瓦楞帽，身上青布衣服就如油篓一般，手里拿着一根赶驴的鞭子，走进门来，和众人拱一拱手，一屁股就坐在上席。

这样，一个自高自大的小土豪形象就活现在面前，贴切而自然。这种"夸饰"手法，描写了荒诞的或奇特的人物、事物，产生了笑的效果，给人一种滑稽的美感。

真实性与喜剧性的结合。《儒林外史》通过精确的白描，写出"常见""公然""不足为奇"的人事的矛盾、不和谐，显示其蕴含的意义。作家"秉持公心，指摘时弊"，以客观的态度去处理事物，不以主观偏见去阉割对象的丰富内容。

它不因显露描写对象的喜剧性特征、突出它们可笑的一面，而忽视对象的客观整体内容。因而使人物既可笑，又真实；使讽刺既辛辣，又深刻。

清代人物饮食画

书中人物有原型，许多人情世态都是当时一些社会现象，作者将其归纳、整理，以客观的态度去处理事物，真实地、生动地描绘出儒林中可笑、可恶的情态。

如匡超人就是一个典型。他本是一个善良淳朴农村青年，因家贫上过几年学便辍学了，流落杭州以拆字卖卜为生。幸好马二先生资助才能一面读书一面杀猪、磨豆腐

■ 清代茶园观戏图

维持生计养活父母。但自从听了马二先进的"训导"之后，还渐痴迷举业，后来入科场，取秀才，以"名士"身份参与衙门中营私舞弊敲诈勒索。

入京后不但不思悔改而且越演越烈，停妻再娶，忘恩负义，且恬不知耻地说："戏文上的莹状元招敖中相府，为佳话，这又何妨？"

这种真实地描写，揭示了科举制度怎样使朴实敦厚的青年人变成丑恶、卑鄙的文痞子。

还例如胡屠户。胡屠户虽然居于下层，但生有一副势利眼。他女婿范进想参加考试，他一口啐在范进脸上，骂范进"癞蛤蟆想吃天鹅肉"，说什么"中举的人都是天上的文曲星"，奚落范进尖嘴猴腮。

等到范进中举、欢喜成疯后，众人为胡屠户出主

文曲星 星宿名之一。我国神话传说中，文曲星是主管文运的星宿，文章写得好而被朝廷录用为大官的人是文曲星下凡。一般民间认为民间出现过的文曲星包括范仲淹、文天祥、许仙的儿子许仕林。文曲星属癸水，是北斗星，主科甲功名，文曲与文昌同属为福星，是有文艺方面才能爱好文学及艺术的人。

意，叫他猛打范进一巴掌，就可治好范进的疯病，胡屠户却又说，他女婿如今做了老爷，就是天上的星宿，是打不得的！

当范进狂叫"中了！中了！"时，胡屠户终于凶神似的走到跟前，说道："该死的畜生！你中什么！"

一个嘴巴打将去。众人和邻居见这模样，忍不住地笑。果然这一打就把范进打好了。这时，范进回家走在前面，胡屠户走在后面，见女婿衣裳后襟滚皱了许多，一路低着头替他扯了几十回。

范进中举前，胡屠户对他讥讽蔑视；范进中举后，胡屠户对他媚态可掬，表现了胡屠户对待同一对象的先后不同态度。这种自己掴自己耳光的行径，显示出一副滑稽丑，而引人发笑。

总之，《儒林外史》运用把相互矛盾的事物放在一起，突出它不合理的讽刺手法，讽刺艺术不仅分寸掌握恰当，而且能将矛头直接指向罪恶的社会制度，体现了现实主义讽刺艺术的高度成就。

阅读链接

《儒林外史》成书后，开始仅以抄本流传。第一个刻本是作者死后10多年，由金兆燕在扬州任官期间刻的，但是此刻本至今尚未发现。现存最早的刻本是1803年的卧闲草堂本，共56回，最末一回与全书的主题思想和写作风格大不相同，显然不是出于吴敬梓之手。

1874年，出现了齐省堂增订本，从回目、文字到回评，都有不同程度的改动。至1888年，又有东武惜红生序本，即增补齐省堂本，另外插入4回，共为60回。这4回中掺进沈琼枝和宋为富婚后的故事，也是后来好事之徒所妄加的。

1949年后几次出版的《儒林外史》，基本上是根据卧闲草堂本为底本，删去第五十六回，保留最后的《沁园春》词为结束。

儒林外史的艺术成就

《儒林外史》中运用的讽刺手法主要有不动声色、自相对比、反差相形、自行呈露、制造闹剧等。作者具体问题具体对待，牢牢把握住讽刺的尺度，对不同的人用不同的讽刺方式。

例如汤知县请正在居丧的范进吃饭，范进先是"退前缩后"地坚决不肯用银镶杯箸。汤知县赶忙叫人换了一个瓷杯，一双象箸，他还是不肯，直至换了一双白颜色竹箸来，"方才罢了"。

汤知县见他居丧如此尽礼，正着急想倘若他不吃酒肉，那不

古人饮酒图

清代 宴饮图

就等于没有吃这次饭吗？但是，忽然看见范进在燕窝碗里拣了一个大虾元子送在嘴里，心才安下来。这一段描写无一贬词，而情伪毕露。此处就是出色地运用了自行呈露的方法。

朴实的描写风格。古代小说人物的肖像描写往往是脸谱化的，如"面如冠玉，唇若涂脂""虎背熊腰，体格魁梧"等。《儒林外史》掀掉了脸谱，代之以真实的细致的描写，揭示出人物的性格。

自然景物的描写。《儒林外史》舍弃了章回小说长期沿袭的模式化、骈俪化的韵语，运用口语化的散文，对客观景物作精确的、不落俗套的描写。如第三十三回，杜少卿和几位好友在江边亭中烹茶闲话，凭窗看江，描写道："太阳落了下去，返照着几千根桅杆半截通红。"

第四十一回，杜少卿留朋友在河房看月，写道："那新月已从河底下斜挂一钩，渐渐地照过桥来"。这些描写都似随手拈来，自然真切，富有艺术美。

独特的结构形式。《儒林外史》是有着思想家气质的文化小说，有着高雅品位的艺术精品。它与通俗小说有不同的文体特征，因而其叙事方法也发生了明显的变化。

我国长篇小说传统的结构方式，是由少数主要人物和基本情节为轴心，构成一个首尾连贯的故事格局。而《儒林外史》把几代知识分子放在长达百年的历史背景中去描写，以心理的流动串联生活经验，创造了一种全书无主干，按照人物来去描写事件的独特形式。

《儒林外史》冲破了传统通俗小说靠紧张的情节互相勾连、前后推进的通常模式，按生活的原貌描绘生活，写出生活本身的自然形态。作者根据亲身经历和生活经验，对百年知识分子的厄运进行思考，以此为线索把"片断的叙述"贯穿在一起，构成了《儒林外史》的整体结构。

我国古代小说多以传奇故事为题材，可以说都是传奇型的。至明代中叶，从《金瓶梅》开始，才以凡人为主角，描写世俗生活。而真正完成这种转变的，则是《儒林外史》。它既没有惊心动魄的传奇色彩，也没有情意绵绵的动人故事，而是当时随处可见的日常生活和人的精神状态。

《儒林外史》全书写了270多人，除士林中各色人物外，还把高人隐士、医卜星相，娼妓狎客等三教九流人物推上舞台，从而展示了一幅幅社会风俗画。

《儒林外史》摆脱了传统小说的传奇性，淡化了故事情节，也不靠激烈的矛盾冲突来刻画人物，而是尊重客观地再现，用寻常细事，通过精细的白描来再现生活，塑造人物。例如"马二先生游西湖"，没有惊奇的情节，没有矛盾冲突，只是按照马二先生游西湖的路线，所见所闻，淡淡地写去。

《金瓶梅》插图

讽刺文学典范

儒林外史

另外，《儒林外史》还表达了一种乐道安贫淡泊名利，厌弃功名追求自由的思想精髓。《儒林外史》中的正面人物其基本品质就是讲究"文行出处"，厌弃"功名富贵"。"出"则德世济民，"处"则独善其身。而在重科举的社会环境里，志士才人既不能施展抱负，"处"就成了他们洁身自好、乐道安贫的唯一对策。"处"实际上就是《儒林外史》正面形象的基本品质。

《儒林外史》中，开宗明义就写了一个王冕，他小时放牛为生，刻苦自学，得以精通学问，而且成为名画家，但他不求官爵，卖画过活。县令具帕邀请，他坚辞不往；屈尊来拜，他也避而不见，甚至因此远走他乡。

《儒林外史》中，资本主义生产关系萌芽而引发的自由、平等、个性解放的近代民主观念，也一定程度上引导作者朦胧地趋向未来，向往未来的健康追求，自觉不自觉地使笔下的某些人物闪射出近代民主思想的光辉。

阅读链接

《儒林外史》通过人物前后截然相反的语言行为对比，来进行讽刺。如周进在为先生时，梅玖以"老友从来不与小友序齿"讥讽周进；在周进因长斋而不动荤时，便嘲笑说："呆，秀才，吃长斋，胡须满腮。经书不揭开，纸笔自己安排，明年不请我自来。"当周进举业成功后，周进责罚梅玖文章无长进时，他便哀告"看老先生面子开恩"，称周进为"国子监司业周黄轩先生，讳进的"。

梅玖初交周进，自尊为"老友"，蔑视周进为"小友"，笑他呆，戏弄其年龄已长，进学实乃做梦。后来称其为自己的先生，连名字也不敢直呼，通过这一人物言行的前后变化，把一个见风使舵，满脑子等级观念的受举业毒害者梅玖，活活地画出来，一副变色龙的嘴脸就浮现于读者之面。

镜花缘

《镜花缘》是清代百回长篇小说，作者为清代著名小说家李汝珍。这部小说是一部与《西游记》《封神榜》《聊斋志异》同辉璀璨、带有浓厚神话色彩、幻想迷离的我国古典长篇小说。

《镜花缘》以其神幻诙谐的创作手法数经据典，奇妙地勾画出一幅绚丽斑斓的天轮彩图。文章表面展示了虚幻浪漫静谧的万般世相，而其深处却一度奔突、冲撞着由生命的热爱、执着与死亡的敬畏、疑惑的巨大张力支撑起的深沉悲痛的宇宙意识，这种对人类生存根本性问题的追问才是小说最具魅力的部分。

奇幻故事蕴含人生哲理

　　1763年清代，李汝珍生于大兴一个普通城市居民家庭。李汝珍自幼就非常聪颖喜欢读书，什么书都涉猎，唯独不喜欢八股文章，讨厌科举。1782年，19岁的李汝珍随哥哥李汝璜从大兴移家到海州板浦。

　　海州在江苏东北部，又叫东海，板浦是海州城东南的一个镇，李

汝珍随家到了板浦。第
二年，李汝璜担任板浦
场盐司大使，这是佐杂
之类小官。李汝璜任此
职务直至1799年，长达
16年之久。

在此期间，李汝珍一
直和哥哥在板浦住在一
起。著名的文学家凌廷
堪，应李汝璜聘请，教家中子弟。李汝珍成了凌廷堪
的授业弟子，李汝珍说在凌廷堪的教导下受益极多。

■《镜花缘》书影

1801年，李汝璜调任淮南草埝场大使，而李汝珍
不知由谁举荐，到河南东部某县做负责治水的县丞。
当时正是黄河在邵家坝决口之际，这对李汝珍产生了
很大影响。在后来李汝珍写的《镜花缘》中，唐敖谈
女儿国治河等描写，就反映了李汝珍在河南的见闻和
治河经验。

后来，李汝珍又回到了海州。1805年，李汝珍在
海州完成了他的围棋专著《受子谱》、音韵学著作
《李氏音鉴》，接着开始创作称誉后世的神幻诙谐小
说《镜花缘》。

李汝珍在《镜花缘》第一百回文末曾言"消磨了
十数多年层层心血"才得以撰成。这部名著别具匠
心，以《山海经》为引子，通过对海外幻想世界的浪
漫描写，寄寓了作者的人生理想。

《镜花缘》是带有浓厚神话色彩、浪漫幻想迷离

科举 我国古代为
选拔人才资源而
设置的一种考试
制度，让读书人
参加的人才选拔
考试，学而优则
仕的一种制度。
由于采用分科取
士的办法，所以
叫做"科举"。
它是我国古代的
一项重要发明，
对我国社会和文
化均产生了深远
的影响。它打破
了我国自古在选
拔官员时对出身
的束缚。科举制
从隋代开始实
行，至1905年举
行最后一科进士
考试为止，经历
了1298年。

■ 武后行从图

武则天 （624
年—705年），
690年，她废黜
唐睿宗李旦称
帝，袭用周朝国
号，改国号为
周，定都神都洛
阳，改元天授，
史称武周，仍然
袭用唐制，前后
掌权40多年。我
国历史上唯一得
到普遍承认的女
皇帝。唐高宗时
为皇后，尊号为
天后，与唐高宗
李治并称"二
圣"，705年退位
以后，成为我国
历史上唯一一位
女性太上皇。

的古典长篇小说。小说讲述的是唐代武则天时代的故事，故事从西王母寿筵时百花仙与嫦娥结下梁子，后因此事花仙被贬托生为秀才唐敖之女为开端，为我们展现了一段奇幻历程。

《镜花缘》在结构上大致可以分为两个部分。前一部分写武后称帝，百位花仙被贬下凡。唐敖游历海外各国，终在小蓬莱弃世登仙。唐小山千里寻父，泣红亭内得仙机，重返天朝准备赴试。

后一部分写唐闺臣等百位投胎凡世的花仙得中才女，相聚一起，游戏饮酒。后来大家各自回乡，出嫁婚配。唐闺臣又到小蓬莱寻父，重返仙界。其他部分才女随丈夫攻打武家"酒、色、财、气"四关，或战或亡。最后武则天退位，大唐王朝复辟。

《镜花缘》共100回，其中作者用了较大笔墨的是唐敖游历海外各国，约30回，以及百位花仙赴试、得中，大聚宗仁府，约40回。

在这本小说的各个部分都有比较明晰的结构线索。前一部分中，作者较成功地运用了游记的体式来描述唐敖等人周游海外的趣闻轶事，其中作者充分发挥了主观的联想，叙事详略得当，使人读之兴味盎然，欲罢不能。

这番游历中，唐敖与其妻舅林之洋一家及多九公等人边贩货，边游玩，海外诸国的风土人情通过他们一一呈现在读者面前。

作者在这一部分或详或细地写了30多个国家。这些国家大多是以《山海经》的记载为基础，加以夸张、想象而写成的。作者充分发挥其丰富的想象力，天马行空地构造出一连串奇国奇俗，让人读之甚趣。

另外，在白民国，作者又借教馆先生白字连篇却不可一世，及淑士国满城酸腐之气讽刺了虚伪的读书人，表现了他对假道学的厌恶。

这部分作者虽然写了几十个不同的国家，但简繁掌握得恰到好处。其中，描写较为详尽的是女儿国。此处的叙事不仅有引人入胜的情节，更表现了作者对妇女问题的鲜明看法，是此书的精华。而像元股、伯劳、穿胸等国就是一笔带过，简为介绍而已。

蓬莱 又称为蓬莱山、蓬山、蓬丘、蓬壶、蓬莱仙岛等。实际上，早在秦始皇之前，"蓬莱"作为海上神山的名字就已经传开了。"蓬莱"作为地名，而不是神山名，最早有文字可考的记载见于唐代杜佑的《通典》："汉武帝于此望海中蓬莱山，因筑城以为名。"

神幻诙谐小说

镜花缘

■ 《山海经》书影

■ 《镜花缘》百花
仙子雕塑

小说经典

著名古典小说的魅力

酒令 酒席上的一种助兴游戏，一般是指席间推举一人为令官，余者听令轮流说诗词、联语或其他类似游戏，违令者或负者罚饮，所以又称"行令饮酒"。是我国人在饮酒时的一种特有的助兴方式，在全国各地都有不同的演变方式。

如果说前半部分用奇趣来形容，那么后半部分则需以博学来概括。在这一部分中，闺臣与众才女共赴女试，并结交。此段中，作者描写了100位才女，文采武略，琴棋书画，易礼诗书，天文算术无所不谈，充分显示出作者的多才多艺。

后一部分所写的百名女子游赏花园，人物众多、纷纷繁繁，而且几人结成一队，线索也十分繁杂。作者既要写得面面俱到，又要写得有简有繁，疏密得当，是十分困难的。因此他有意避免了直接描写和平铺直叙，而是以紫芝为贯穿，将其他99名女子的活动都写全了，这可谓是别出心裁、妙笔生花了。

此外，书中涉及的100多个人物，各有各的性格，人物虽多，却不会让人看着糊涂，而且给人留下了深刻印象。孝感动天的唐闺臣，具有王者气派的阴若花，可爱稚趣的林婉如，傲然清高的花再芳等，每一个人物都给人留下深刻的印象。

同时，在这部书中作者还生动地刻画了一个活泼好动、才思敏捷的女子形象——孟紫芝。可以说，紫芝这个人物的设置，既是小说在人物刻画方面的成功，也是结构编排方面的成功。

紫芝每到一处，那里的寂静和沉闷就会被打破，而换之以蓬勃的生气。就好像一幅原本静止的淑女图，突然被点活，成了一部活动的电影。

另外，《镜花缘》也向人们展示了一个博学多才的诗性世界。其中，书中写道对《苏氏惠若兰织锦回文璇玑图》的不同解法更令人大开眼界。

作者还给我们展现了古人的生活、娱乐。故事中涉及许多对联、猜谜、酒令等，反映出古代人的生活情趣，博学多才。这一段中，作者又将自己的才学发挥得淋漓尽致，为我们描绘了一幅丰富多彩的文人生活画面。

《镜花缘》一书虽然整体结构比较松散，但依然能够连贯成书，究其原因，一是有"神缘"为线，二是有宏大的历史背景为底衬。如《水浒传》开头"洪太尉误走妖魔"与《红楼梦》起始"甄士隐梦幻识通灵"一样，作者在开篇也设下了一段极具神幻色彩的故事。

百花仙子在西王母的寿宴上与月姊嫦娥定下罚约，若百花仙子应下界帝王之令，任百花违时而放，便"堕落红尘，受孽海无边之苦"。无奈，隆冬一日，下界女皇帝武则天酒醉后，下令百花齐放。适值百花仙子不在洞中，众花仙唯恐违令受罚，纷纷遵命开花。

对联 又称"楹联"或"对子"，是写在纸、布上或刻在竹子、木头、柱子上的对偶语句言，对仗工整，平仄协调，是一字一音的中文语言独特的艺术形式。对联相传起于五代后蜀主孟昶。它是中华民族的文化瑰宝。

■ 花仙子塑像

天帝得知，罚百花仙子及其他花仙下入凡尘。由此才展开了一部《镜花缘》。百位花仙下凡时，正是女皇武则天在位期间，全国各地的唐代旧臣纷纷举兵起义，但都无功而退。被贬的百位花仙大多投生在这些忠臣家中，后来也加入到起义军的行列中。

唐敖也是因为与徐敬业、骆宾王等"叛军"结拜为兄弟，才由探花被贬为秀才，因而功名心淡，周游海外的。作者选择武则天在位时期为历史背景，更是为了使百位花仙化生而成的女子参与社会提供了前提。

众花仙在经历了人世的种种磨难后，有的战死杀场，有的羽化登仙，也有的还在红尘中受苦，大都重返了仙界。全书最后也以起义军攻破武家"酒、色、财、气"四关，喻示了人生只有参透这重重利诱才能超凡脱俗，否则也是"镜花水月一场空"。

著名古典小说的魅力

阅读链接

《镜花缘》作为"才学小说"，是小说至清代应运而生的一种题材类型，当时为创新或开拓。《镜花缘》作为"才学小说"，以"小说"宣扬"才学"，有在读者中普及文化的作用。

《镜花缘》以小说首倡"女权"，因写"才女"而"以才学为小说"，乃题中之意，所以书中有关"才艺"的描写固然有过多过滥之嫌，但细心分辨，完全可以看出其结合人物的塑造，于经史子集、医卜星算、琴棋书画等"古典才艺"的描述，既秩序井然，又倏然变化，大体可视为作品的有机成分。

五彩缤纷的海外世界

　　《镜花缘》是清代继《红楼梦》之后的又一部奇书，它熔学术和文学于一炉，展现了一个奇异独特的艺术天地。其中，主人公唐敖海外游历的部分，极富特色，一直被认为是全书的精华。这些部分透过奇奇幻幻的描写，向人们展示了一个五彩缤纷的海外世界。

　　这一海外世界并非作者凭空臆造，大都取材于古老的《山海经》

古籍《山海经》书影

■ 美人鱼雕像

和一些志怪小说。《山海经》的特异处，在于它用怪诞之文把地理博物、巫术神仙、奇禽怪兽、神话传说交织在一起。因为《山海经》并不注重叙事性，所以很少有完整的情节叙述，但它的影响极为深远，激发了后世许多文人的想象力，像《博物志》《述异记》都显然受其启发。

《镜花缘》的特异之处则在于以《山海经》中记载的异国风物为引子，尽想象和发挥之能事，寄托理想，讽喻现实。譬如第九回中唐敖吃了一种青草后，说道：

> 闻得海外鹊山有青草，花如韭，名祝余，可以疗饥。

这句话直接引自《山海经·南山经》："南山经之首曰鹊山……有草焉，其状如韭而青华，其名曰祝余，食之不饥。"再如第十五回中唐敖诸人解救的人鱼，说道：

> 鱼鸣如儿啼，腹下四只长足，上身宛似妇人，下身仍是鱼形。

《述异记》 南朝梁时期著名文学家任昉编写。题材广泛，有神话传说、山川地理、古迹遗址、民间传说、历史掌故、奇禽珍卉等，内容相当庞杂。其中资料类的条目，与张华《博物志》相近，但比《博物志》资料丰富。都将历史上数种说法加以排列，再做取舍。

显然出自《山海经·北山经》："其中多人鱼，其状如鱼帝鱼，四足，其音如婴儿，食之无痴疾。"又如《镜花缘》中写唐敖看到一鸟，说道：

　　其形似鸦，身黑如墨，嘴白如玉，两只红足，头上斑斑点点，有许多花纹。

与《山海经·北山经》中关于精卫鸟的记载完全一致："其状如乌，文首，白喙，赤足。"

唐敖最终隐逸的地方"蓬莱山"也可在《山海经》中找到依据。如果《镜花缘》对于《山海经》中神话传说的运用仅限于此，那它就跳不出用典和考据的圈子，也就没有什么特色可言，作品就失去了其现实意义。

但是，作者的意图是要借学问驰骋想象，寄托理想，讽喻现实，因此它就不能拘泥于神话的原有面貌，而是要为己所用，赋予其新的内涵和社会意义。

根据《山海经》中提到的点滴国民特征，扩张幻想，渲染夸张。唐敖游历海外所经过的30余个国度，都是《山海经》中提及的，虽然"《山海经》所记海外各

■ 《镜花缘》蓬莱仙境图

精卫 本名"女娃"。相传太阳神炎帝小女儿，后来驾小船到东海去玩，突然海上大浪，幼小的女娃来不及作法，就被海浪吞噬了。女娃的哀怨和不平化作一只精卫鸟。栖息在西方发鸠山上的森林里，然后开始它一天的工作，衔取一颗小石块，或是一段寸余长的树枝，投入当年溺水的海面上，发誓要把东海填平。

129

神幻诙谐小说

镜花缘

国，非异形即异秉"，但是作者在浓墨重彩描述"异形"的同时忽略了"异秉"的详细描述，致使《山海经》的故事性毕竟不强。

而《镜花缘》不仅从"异形"生发开去，更能抓住《山海经》中点滴的"异秉"特征，从我国固有的眼光及当时社会现实出发，对于异国的风土人情进行一一审视，并作出自己褒贬取舍的评价和抉择。

《镜花缘》对其他国民从"异形"到"异秉"的发现，从浅层次的差别到较深层次的差别，是认识的深化过程，所以，使作品有自己的对于海外诸国的认识，更借描写"秉性"讥讽时世，表达了理想。例如《镜花缘》中惹得人们议论纷纷的君子国，《山海经·海外东经》写道：

小说经典

著名古典小说的魅力

君子国在其北，衣冠带剑，食兽，使二大虎在旁，其人好让不争。

《大荒东经》中也有写道：

有东口之山，有君子之国，其人衣冠带剑。

《镜花缘》抓住"好让不争"这一特征，充分展开了想象的翅膀。在君子国，人们看到了这样的景象：市上做买卖的，卖的要低价，买的却偏出高价，卖者一再降低，买者一再抬高。

这样的"好让不争"虽然有些反常，却是对当时社会上好争不让，缺少君子风度的一种反衬。

另外，作者通过这种调侃式的反传统理性的市场秩序，对现实生活中人们的价值观念进行了辛辣的讽刺。如黑齿国，在《山海经·海外东经》中仅有"为人黑……为人黑首"的简要描述。

作者由其异乎寻常的"形"生发开来演绎出了一个比较完整的故

小说经典

著名古典小说的魅力

事。《镜花缘》第五回中，黑齿国人不但通身如墨，连牙齿也是黑的，再映着一点朱唇，两道红眉，一身红衣，更觉奇黑无比。

多九公对这个国度有很深的偏见，可是当他走进城去，却意外地发现国人礼节甚明，尤其是当他与两名黑女谈文的时候，又大为出丑，这才醒悟"以貌取人"的谬误。他的思想发生了翻天覆地的变化：

> 此时一路看来，只觉个个美貌无比，那种风流儒雅光景，倒像从这黑气中透出来的。细细看去，不但面上这股黑气万不可少，并且回想那些脂粉之流，反觉其丑。

以至在后来，当多九公再面对这两位黑女人时自称是晚生，而且不但毫不委屈，并且心悦诚服。

以上两个国家是作者着力描写并寄寓理想的国度，故事都本源于《山海经》。但是作者并不固于《山海经》故事的局限，而是大胆以其为本，引用别书中的描述。例如大人国，作者就舍弃了《山海经》的源头说法，取《博物志》中记载的点滴特征，扩张想象，展开故事情节。

《山海经·大荒东经》和《海外东经》中有"大人国……为人大，坐而削船"的描写，而《博物志》这样描述："大人之国，其人孕三十六年生，其儿则长大，能乘云而不能走。"

《镜花缘》抓住了"乘云"的特征，写出此国好人即使是乞丐，也足登彩云。如果是坏人，像那个头戴乌纱身穿圆领的官员，虽用红绫围着脚下，却掩盖不住脚下那种恶云的晦气色。

这一讽刺寄寓了作者的善恶自能明鉴的愿望，具有深刻的现实意义。以上都是作者着力描述的国度，

《博物志》 志怪小说集。西晋时期张华编撰，分类记载异境奇物、古代琐闻杂事及神仙方术等。内容多取材于古籍，有山川地理的知识，有历史人物的传说等，其中还保存了不少古代神话材料。如所记八月有人浮槎至天河见织女的传闻，是有关牛郎织女神话故事的原始资料。

神幻诙谐小说

镜花缘

■《镜花缘》人物画

■ 《镜花缘》人物画

小说经典

著名古典小说的魅力

《山海经》 传世版本共计18卷，包括《山经》5卷，《海经》13卷，其中14卷为战国时作品，4卷为西汉初年作品。其内容主要是民间传说中的地理知识，包括山川、道里、民族、物产、药物、祭祀、巫医等。保存了包括夸父逐日、女娲补天、精卫填海、大禹治水等相关内容在内的不少脍炙人口的远古神话传说和寓言故事。其中的矿物记录更是世界上最早的有关文献。

对于在游历中起穿插作用的国度，作者往往由其简要生发开去，作一些漫画式的夸张。

如长臂国在《山海经·海外南经》中有"捕鱼水中，两手各操一鱼"的记载，李汝珍笔下的长臂国则是因为该国人遇到钱财，该伸手时伸手，不该伸手时也伸手，久而久之，两臂就有两丈长了，在随意谈笑中讽刺了人性中贪婪的一面。

仅用其国名的含义演绎故事情节，借题发挥，无中生有。为了达到讥时讽世的目的，仅仅用古书中的记载是远远不够的，必然要加入自己的想象发挥，这样一来不仅构思奇幻，境界也宽泛了好多。

《镜花缘》中还有淑士国的故事。《山海经·大荒西经》中提到这个国家，仅仅一句话："有国名淑士，颛顼之子。"

作者仅依据"淑士"两字，营造了一个城门石壁上镌着"欲高门第须为善，要好儿孙必读书"对联的国度。而国中人个个说话、做事都文绉绉、酸溜溜的，就连跑堂的也是"酒要一壶乎？两壶乎？菜要一碟乎？两碟乎？"虽满嘴"之乎者也"，实际上目光短浅，志趣低下，可谓是：

金玉其外，败絮其中 外面像金像玉，里面却是破棉絮。比喻外表漂亮，内里破败。虚有华美的外表，实质却一团糟。金玉：比喻华美；败絮：烂棉花。此成语用来表达贬义，现在常用来形容某些华而不实，外表光鲜美丽而无修养内涵的人。

　　金玉其外，败絮其中。

　　淑士城这种情形，令人难以接受，作者由此讽刺了以淑士自我标榜，实则被八股文扭曲了灵魂的知识分子可笑又可悲的精神境界。

　　白民国也是这种手法讽刺的一个国度。《山海经·海外西经》写道："白民国……在龙鱼北，白身披发。有乘黄其状如狐。其背上有角乘之寿千岁。"

　　《镜花缘》完全抛弃了这些白民国的表面特征，而是由"白民"两字生发开来，国民形象十分美好，"无老无少，个个面白如玉，唇似涂朱，一双俊目，

■ 《镜花缘》书影

《镜花缘》序言

莫不美貌异常"，白民国的环境也是一片洁白。

而其国民却徒有其表，才是作者写作的目的和重点。如白民国一位私塾先生把"幼吾幼，以及人之幼"，读成"切吾切，以反人之切"。

在《山海经》里，这些国度只是一个地理方位，叙述稍多的也不过是一个国民特征，而在《镜花缘》里，我们看到了一个个光怪陆离的奇异国度，奇异风情。

它们虽然跟《山海经》有着渊源关系，却早已脱离单纯的猎奇色彩，而是揭露和讽刺了人情世态的种种丑恶现象，同时也描绘了作者的社会理想。

小说经典

著名古典小说的魅力

阅读链接

女儿国是《镜花缘》中作者大力刻画的国度。女儿国的原始根据虽然也出自《山海经》，而内容却完全是李汝珍的创造，可以说与《山海经》没有多大关系。关于女儿国，《山海经·海外西经》写道："女儿国，在巫咸北，两女子居，水周之。一曰，居一门中。"

《镜花缘》中的女儿国并没有涉及这些情节，而是想象了一个以女性为中心的社会。国以女为君，家以女为主，男子要受女子的支配，让男子来体验女子的生活。这是对现实中男性社会的否定，寄托了对处于"男尊女卑"现实社会中女性由衷的同情。

镜花缘的讽刺手法

　　《镜花缘》是清代的一部独具特色的小说，作者李汝珍不仅以其超凡的笔法为我们描绘了一个奇幻的世界，并运用浪漫的手法对现实生活的方方面面予以了强有力的讽刺。

　　为了达到令人满意的讽刺效果，《镜花缘》运用了夸张、漫画、对比、喜剧与真实性相结合等多种讽刺手法。这些讽刺手法的加入，使得小说本身更添了喜剧色彩，让读者在轻松诙谐的氛围下，体会到作者所要给我们展示的深层内蕴。

　　夸张的讽刺手法。在《镜花缘》这部作品中，

《镜花缘》人物插图

夸张手法就运用得恰到好处。书中第十四回，唐敖一行人来到了无肠国，多九公向唐、林两人介绍了此国国人的特色。

无肠国的人"吃下物去，腹中并不停留，一面吃了，随即一直通过"，而那些想发财的人家"因所吃之物，到了腹中随即通过，名虽是粪，但入腹内后并不停留，尚未腐臭，所以仍将此粪好好收存，以备仆婢下顿之用"。然而就是这样，那些想发财的人家仍嫌不够，不但不让仆婢吃饱，而且"三次、四次之粪，还令吃而再吃，直至饭粪莫辩，这才另起炉灶"。

如此夸张的描写让读者在捧腹发笑的同时，更看到了那些为富不仁、刻薄成性的富人们的丑恶嘴脸。此外，书中其他部分也有多处采用了夸张手法。作者为表现君子国的"好让不争"，特意描写了买卖双方的互相谦让，放大君子国的君子之风。

由此可见，夸张手法的运用不仅使作品增色，突出其所要表达的主题，更有利于传达作者的观点，有利于读者更深一层了解作品。

漫画手法的大量运用。《镜花缘》这部作品描绘了奇幻的世界，带有很强烈的浪漫色彩。然而作者对书中海外异国的人情物态的描写并非随心所欲的胡乱勾描，而是根据其所要表达的寓意，运用漫画的手法细致勾勒。

众所周知，漫画在讽刺一些人或事时，所产生的效果往往比用语言直接叙述强得多，李汝珍正是抓住了这一点，把白描的手法再略作夸张，变形，寥寥几笔，勾勒出一个国家的主要特征，让人感到滑稽可笑并能悟出此中真义。

对于社会上那些两面三刀、阳奉阴违的伪君子、两面派的人物，作者也没有用大量的笔墨、具体详细的事件来描写，而是运用漫画手法勾勒了两面国这个国家。

两面国的人个个头戴浩然巾，都把脑后遮住，只露一张正面，把那面藏了，正面和颜悦色，满面谦恭光景，令人觉得可爱可亲，然而后面却"鼠眼鹰鼻，满面横肉"，被人识破后便"好好一张脸变成青面獠牙"，如此变幻无常，捉摸不定，不得不让人不寒而栗，望而止步。

当面奉承，令人可亲可敬，背后却恶语伤人、暗下毒针。对待权贵，阿谀奉承、卑躬屈膝；对待下层百姓则不屑一顾、恶言相向。用人时好言相劝、甜言

两面三刀和阳奉阴违 都有当面一套；背地一套的意思。阳奉阴违是表面顺从、答应，背地违背的意思。还指表里不一，无害人伤人之心，多指对领导或长辈。而两面三刀指的是耍两面手法。

139

神幻诙谐小说

镜花缘

■ 《镜花缘》武则天故事

《镜花缘》人物

蜜语、百般讨好；不用时则冷若冰霜、落井下石、形同陌路。世上那些过河拆桥之人，欺上瞒下之人，左右逢源之人，趋炎附势之人，虽长一面，均是两面国人的真实写照。

《镜花缘》用精绝的笔法为我们勾画了两面国，寥寥数笔却将我们引入了深刻的思考，使我们不得不佩服其深厚的文学功底。在第二十七回中，唐敖等人又到了结胸国，林之洋问起国人为何胸前高起一块，多九公予以了解释。

原来他们生性过懒，而且又好吃，所谓好吃懒做。每日吃了就睡，睡了又吃，饮食不能消化，渐渐变成积痞，所以胸前高起一块。

现实中有很多好吃懒做之人，但其具体形象并非我们一眼就能看出，只能通过其具体行为来判断，而李汝珍却巧妙地运用了漫画手法为我们勾勒出了这群人的形象。如果长期好吃懒做，饮食不能消化，那么胸前就会高起一块。

作者在调侃与戏谑中将那些好吃懒做之人的行径揭露得淋漓尽致，并予以了辛辣的讽刺，同时也在游戏中告诫世人切莫终日只吃不做，否则就会落得个结胸国人的下场。

此外，还有多个国家，作者都采用了漫画式的勾勒方法。如毛民国人吝啬成性，便长有一身长毛；翼民国人喜奉承，便头长5尺；豕喙国人说谎成性，便长张猪嘴。

漫画手法在理念上是直接和讽刺相联系的，具备一种幽默的智慧。李汝珍也正是看到了漫画手法的这个特点，巧妙地将其运用到了自己的作品中，不仅使作品更加吸引读者的眼光，也使他所要表达的寓意更加明白地表现出来。

对比手法的巧妙运用。《镜花缘》通过运用对比手法对科举制度予以了讽刺，通过不同人物的对比和同一人物的前后对比，讽刺了那些装腔作势、胸无点墨的冒牌文人，暴露其丑陋的内心精神世界。

作者通过唐敖、多九公在黑、白两国所遇到的不同境遇，给我们做了一个有趣的对比。第十六回中，唐敖等人来到黑齿国，"其人不但通身如墨，连牙齿也是黑的"，唐敖因他们太黑，便认为其相貌丑陋。

■ 唐敖画像

多九公对于学堂中的两名求教少女更是不屑一顾，结果多九公被这两名少女红红、亭亭问得直发愣，无言可答。事后，连曾中探花的唐敖也甘愿在其面前自称晚生。

在第二十一回，唐敖等人来到白民国，那些国人，无老无少，个个面白如玉，唇似涂朱，再映着两道弯眉，一双俊目，莫不美貌异常。唐、多两人因在黑齿国吃亏不小，所以在此处倍加谨慎，多九公甚至自称"从未读书"。然而，结果却出人意料，学馆先生竟将一般学童都应读熟的《孟子》读错。

这两个国家一黑一白，一个外表"丑"，一个容貌"美"，显然形成了鲜明的对比。而更深层次的对比在于黑齿国中的两名少女，知识渊博、才学过人，白民国中的学馆先生却胸无点墨、满纸白字；黑齿国中，"案上并无多书"，白民国中却"诗书满架，笔墨如林"。

作者正是通过这几处对比，讽刺了那些华而不实、装腔作势的冒牌学士，批判了那些以貌取人，以年龄论才学的具有世俗眼光的人们。

喜剧性与真实性的巧妙融合。《镜花缘》将喜剧性情节与现实中的真实情况相融合，形成强烈的讽刺效果。在书中，读者看到的是喜剧性的情节，然而深

探花 我国古代科举考试中对位列第三的举子的称谓。与第一名状元，第二名榜眼合称"三鼎甲"。在唐代的科举时就已经出现。"探花"作为第三人的代称确立于北宋晚期。时至后世，"探花"的称呼仍历久不衰。

挖其内涵，当我们透过表面去探究其本质时，看到的却是悲剧性的现实。

当我们在喜剧性的情节中发笑时，我们更应看到其深层的含义。在女儿国中，林之洋被选入宫，遭受穿耳缠足之痛，亲身体会了千百年来女性所受的苦楚。然而，和广大女性的遭遇相比，林之洋的遭遇只能算得上是冰山一角、海水一斗。

林之洋被奉命穿耳，"只疼得喊叫连声"；被缠足时，又是"脚上如炭火灼烧一般，阵阵疼痛"；当其不服，私自放足时，便被打得"肉绽皮开，血溅茵褥"；再次放足时，又被宫人将"两足吊起，身子悬空"，直"疼得冷汗直流，两腿酸麻"，最后只得屈服，被摆布成"面似桃花，腰若弱柳，眼含秋水，眉似远山"的美人。

最后，林之洋被唐敖等人解救出来，逃离了女儿国，然而在现实中，广大女性仍然受着封建腐朽观念的束缚，从小便被穿耳缠足，然后每日里教化熏陶，终被培养成符合当时男性审美标准的病态美女。林之洋逃离了苦海，而阴若花却从女儿国步入了男权世界，并甘愿穿耳缠足。

从这里我们可以看到，喜剧性的情节其实产生了悲剧性

《孟子》 孟子的言论汇编，由孟子及其弟子共同编写而成，记录了孟子的语言、政治观点和政治行动，属儒家经典著作。其学说出发点为性善论，提出"仁政""王道"，主张德治。《孟子》是四书中篇幅最大，部头最重的一本，共有35000多字。

■ 《镜花缘》阎罗殿插图

的效果。正是这种悲喜剧相结合的手法将作者所要反映的内容表现得更为深刻，也更加发人深省、耐人寻味，让读者在发笑的同时，品味辛酸的味道。

最好的讽刺便是当人们正在发笑的时候，突然发现其所反映的悲剧性寓意，从而由喜转悲，而喜剧性与真实性的融合恰好达到了这个效果。夸张、漫画、对比、喜剧性与真实性的融合，每一种讽刺手法的加入，不仅使作品更加诙谐幽默，吸引读者，也使小说的讽刺效果进一步加强。

作者运用夸张、漫画、对比、喜剧性和真实性相融合等讽刺手法，对社会生活的多个层面都予以了尖锐的讽刺，其笔调诙谐幽默，其讽刺尖锐透彻，其内容丰富深刻。

可以说，《镜花缘》不失为一部优秀的讽刺之作，它幽默诙谐的笔调，将读者引入一个奇幻的世界，让我们在轻松发笑之余领略作者所要传达的讽刺性寓意，而这正是《镜花缘》的独特魅力所在。

阅读链接

在《镜花缘》表层展示的是虚幻浪漫静谧的万般世相，而其深处却一度奔突、冲撞着由生命的热爱、执着与死亡的敬畏、疑惑的巨大张力支撑起的深沉悲痛的宇宙意识，这种对人类生存根本性问题的追问才是小说最具魅力的部分。

《镜花缘》中鲜明地张扬了这种不死的智慧精神。小说第六回即进入轮回转世的永生世界，"仙姑此去，小仙等无以奉饯，特赠灵芝一枝。此芝产于天皇盛世，至今二百余万年，因得先天正气，日月精华，故先凡服食，莫不寿与天齐"，"我等偶于海岛深山觅得回生仙草一枝，特来面呈，以为临别之赠。此草生于开辟之初，历年既深，故功有九转之妙，洵为稀世珍奇。无论仙凡，一经服食，不惟起死回生，且能同天共老。"

《三侠五义》是古典长篇侠义公案小说经典之作，作者清代石玉昆。此书是我国第一部具有真正意义的武侠小说，堪称中国武侠小说的开山鼻祖，是侠义派小说的代表之作。

　　《三侠五义》绘声状物，保留了宋元以来说书艺术的生动活泼、直接明快、口语化的特点，刻画人物、描写环境，能与情节的发展密切结合。特别是对侠客义士的描绘，各具特色，多有性格，富于世俗生活气息，对我国评书曲艺、武侠小说乃至文学艺术影响深远。

忠义武侠小说

三侠五义

封神演义

隋唐演义

杨家将演义

三侠五义

说岳全传

说岳全传

说唱内容汇成侠义小说

■ 年画《三侠五义》

在清代道光、咸丰年间，有一个人名叫石玉昆，他以自弹自唱西城子弟书，即西调闻名于世。他不仅弹唱俱佳，而且还编写长篇评书《龙图公案》亲自进行说唱，很受市民欢迎。

《龙图公案》根据旧本中五鼠闹东京的故事，别出心裁，改编成侠义英雄白玉堂等人辅佐包拯为民申冤办案，并且平定藩王作乱的故事。其中人物描写细腻，情节曲折，富有生活气息，这部书说唱曲词，现存50余种。

石玉昆说书的内容由当时的

文人笔录下来，称为《龙图耳录》。后来到了光绪初年，北京隆福寺街的聚珍堂书店将《龙图耳录》经过整理、抄录和改编，编成一部120回的《忠烈侠义传》，又名《三侠五义》。

《三侠五义》加起来是"三才五行八卦九宫"。北侠占天时，双侠占地利，南侠占人和，此为"三才"。"五鼠"为金、木、水、火、土"五行"。"三侠"与"五义"合起来为"八卦"，其中"双侠"是哥俩，共为九人，正合"九宫"。

■《三侠五义》情景

在我国古汉语中"三""五"等数，既可表示基数，就是表示确数的数目，如"三纲五常""三皇五帝""三坟五典"等，又可表示虚数，即用定数来表示夸大、缩小或不定的数目，如"三令五申"等。

从基数的概念来看，三侠是南侠、北侠、丁氏双侠，丁氏双侠看成一个整体，五义是五鼠。从虚数的含义来理解，"三侠五义"就是许多侠义的意思。

《三侠五义》叙写北宋包拯在众位侠义之士的帮助下，审奇案、平冤狱以及众侠义除暴安良、行侠仗义的故事。书中塑造了一位铁面无私、不畏权势的清官形象，充分地体现了底层人民的愿望。

藩王 介于地方长官与独立君主之间的统治者。他们可能是已形成地方割据势力，但在名义上仍未宣布独立的地方长官，或者由某强国册立统治某地区的半独立君主。藩王一般都有独特的名衔，这些名衔并非一般的地方长官职衔，而是比地方长官职衔较为尊贵的封号。

■ 包拯雕塑

小说经典

著名古典小说的魅力

北宋 历史上的朝代，与南宋合称"宋朝"，又称"两宋"。宋代是古代历史上经济与文化教育最繁荣的时代。北宋时期在文学艺术方面名人辈出。宋代的词作品也已达到了极高的水平，它与唐诗并成为我国古典文学艺术的瑰宝。北宋可以称得上是历史上文学方面最强大的王朝之一。

其中包公平冤狱、"铡庞昱""除藩王"等情节，在一定程度上表现了一种斗争精神。书中穿插了大量侠客们路见不平、拔刀相助的正义行为，表现出他们侠之大者、为国为民的本质。

《三侠五义》的出现，开创了公案小说与侠义小说的合流，小说前面讲述北宋仁宗年间，包公出世、赴任定远县、执掌开封府，奉皇命到陈州放粮赈灾，公孙策设计要来御赐刑具三口铜铡，安乐侯庞煜派人刺杀包公，南侠展昭暗中保护帮助包公，使包公得以刀铡国舅，除暴安良。

随后，包公又查清了多年前的皇宫冤案"狸猫换太子"案，使仁宗与李娘娘母子两人得以团聚。南侠展昭因多次救包公，阅武楼献艺被皇帝封为"御猫"，引发五鼠闹东京的故事。

后来，五义同归朝廷供职开封府，其中间穿插韩彰蒋平等人捉拿采花贼花蝴蝶的故事、包公的门生倪继祖在北侠欧阳春、黑妖狐智化、小侠艾虎等人的帮助下铲除霸王庄恶霸马强的故事。后面主要讲述包公的门生颜查散和白玉堂等人，治理洪泽湖水患、收复军山、剪除襄阳王赵爵等诛强锄暴的故事。

包拯在历史上有其人，仁宗时曾官监察御史、枢密副使等职，以大臣知开封府事时，以刚正不阿著称。而《三侠五义》中的包拯形象，集民间包公形象之大成，使包拯不畏强暴、刚正嫉恶、处事干练的形象最为饱满、得以更广泛地流传。

特别是小说中详细增加了包公的身世、开封府三宝，即古今盆、阴阳镜、游仙枕的由来，三口铜铡的由来，开封四勇士，即王朝、马汉、张龙、赵虎的来历，开封师爷公孙策的来历，展昭、白玉堂等人的来历等内容，及其大量包公断案和侠义之士游行乡里除暴安良、为国为民的故事，把包公形象推向顶峰。

小说不仅弘扬了人间正气，并且把侠客义士的除暴安良行为与保护清官、协助清官断案完美地结合起来，从而表现了宣扬忠义、维护社会秩序、为国为民的思想。侠客们协助清官，与邪恶势力对立，仗义除暴，为民申冤，反映了基层人民群众的思想和愿望。

《三侠五义》是用生动的口语写成的，书中对人物的心理很少着笔，而以对话和行动为主。虽然线条较粗，但人物性格鲜明，如展昭之优雅大度，白玉堂之傲气十足，艾虎之勇敢而带有稚气，各人自有特点。

■ 包拯画像

监察御史 古代官名。582年隋代改检校御史为监察御史，始设。唐御史台分为三院，监察御史属察院，品秩不高而权限广。明清时期废御史台设都察院，通常弹劾与建言，设都御史、副都御史、监察御史。监察御史分道负责，因而分别冠以某某道地名。

《三侠五义》故事情节富于波折而又脉络清楚,书中除前二十七回中有一些梦兆冤魂的情节外,其余并不带神怪妖异的成分,这在当时同类小说中也是难得的。这些特点,使得它在文化层次较低的读者群中受到广泛的欢迎,并为一些学者文人所喜好。

《三侠五义》继承和发展了前代侠义作品的优秀传统,并对新武侠小说的创作产生了深远的影响。在书中所写的三侠,即南侠展昭、北侠欧阳春、双侠丁兆兰和丁兆蕙,都是行侠仗义之人。

在百姓看来,他们都是救苦救难的活菩萨,是劫富济贫的英雄好汉。还有五义,就是钻天鼠卢方、彻地鼠韩彰、穿山鼠徐庆、翻江鼠蒋平、锦毛鼠白玉堂,也是各有其能之人。

《三侠五义》中所描写的侠客,如白玉堂、展昭、欧阳春、蒋平等,他们的脾气和行径,虽然各有不同,但都具有扶危济困,剪恶除强的品质。

例如白玉堂夜盗苗秀的不义之财,周济鳏寡孤独。欧阳春单人匹马,直闯马强贼窝,解救受害者。蒋平、韩彰看见流氓四处作案,便紧紧咬住不放,冒着很大的风险,围歼凶徒。连小侠艾虎也晓得路见不平,拔刀相助,挺身帮助绿鸭

■ 戏曲人物包拯

滩的渔户打退歹徒。

　　显然，侠义们打击的主要对象是对百姓的压迫者和剥削者。他们的行动，总的来说是正义的，也是人民对于社会公平的渴望。所以，《三侠五义》中刻画的那些行侠仗义、除暴安良、纵横天下、笑傲江湖的侠客义士，也就成了无数国人企慕、效仿的对象。

阅读链接

　　晚清鸿儒俞樾先生称赏《三侠五义》其酣恣淋漓而又点染细腻的文笔，叹道："如此笔墨，方许作平话小说；如此平话小说，方算得天地间另是一种笔墨。"

　　鲁迅先生曾赞叹小说中那些智勇双全、义薄云天的侠客义士："独于草野豪杰，辄奕奕有神，间或衬以世态，杂以诙谐，亦每令莽夫分外生色。"《三侠五义》是清代公案侠义小说的代表作品。

情节奇巧的武侠故事

　　《三侠五义》受百姓的喜爱其原因是多方面的，既有故事新颖独特、人物形象鲜明，也有语言通俗生动等方面的原因。其中情节艺术是不可忽视的一个方面，特别是情节的变幻多端、离奇惊险和悬念迭

■《三侠五义》人物蜡像

出，是小说引人入胜、经久不衰的重要原因。

■ 华夏英雄传书籍

从情节之险、情节之奇、情节之实方面阐述《三侠五义》的情节艺术特质。《三侠五义》自问世以来，不仅在文化层次较低的人群中受到广泛的欢迎，而且也引起一些文人雅士与大学问家的重视。

这部小说之所以能做到雅俗共赏，除了它那宣扬"忠烈侠义"为核心的思想内容能在一定程度上满足市民阶层的精神需求外，最突出的艺术成就，最吸引人的，无疑是它的情节艺术。

这是一部以惊险性为主，辅以奇巧性，兼以现实性，并融以公案、侠义、传奇、灵怪、人情于一炉的，能满足不同文化层次人群的审美趣味的作品。

情节之险。《三侠五义》情节艺术的审美特征之

灵怪 阿拉伯传说中的神怪，在人类被创造出来以前就存在于天地之间，据说是真主从黑色的无烟火焰中创造出来的。它们的身躯是透明的，体格庞大，由火焰构成，可以幻化为人或动物等不同的形体，可以隐身。灵怪分为善恶两种，善的长相英俊，恶的面目丑陋。多数灵怪是善良的，但喜欢恶作剧。

■ 包拯出巡场景

鬼门关 传说是人死后到阴曹地府报到的第二道关卡，两旁有18个鬼王和把门小鬼把守。森严壁垒、铜墙铁壁，牢不可破。无论哪个亡魂来到这里，必遭检查。

状元 科举时代称殿试第一名为状元。唐代举人赴京应礼部试者皆须投状，因称居首者为状头，故有状元之称。宋代廷试列一甲者，有时也称"状元"。

一，就在于它具有强烈的惊险性。惊心动魄的故事情节是此书吸引读者、满足人们紧张的心理体验的重要因素。

在小说中，许多侠义之士又常剪恶除奸，救人于危难，身处险地，面临着生与死的较量和抉择。所有这些，都大大增强了故事的惊险程度和刺激性。情节是"某种性格、典型成长和构成的历史"。

《三侠五义》不是为情节而情节的，因为小说从根本上来说是要写人，曲折离奇的故事情节是为写人服务的。《三侠五义》情节的惊险更多的是通过那些处在危机险恶境遇中的人物形象呈现出来的。

《三侠五义》中众多人物命运都曾在生与死的"鬼门关"徘徊过，这是促使此书情节惊险的人物性格依据。以贯穿全书的3个清官形象包公、颜查散和倪继祖而论，包公从一出生就面临着居心不良的二哥二嫂扼死的危险，幸存到9岁，又几乎被毒死，后又被骗入枯井中几乎困死。

后来，包公长大成人后，在赶考途中在金龙寺遇见凶僧；获得官职后，在土龙岗遭遇劫持，天昌镇遇到刺客。而后，因杀安乐侯庞昱，得罪其父当朝太师，险被报复致死。

总之，包公从出生到荣任宰相前，生命总是处于危险的境地，而故事情节随着这一人物命运的变化而呈现出惊险的特征。

书中的第二个清官颜查散，此人遭遇也大致如此。在小说的第三十二回至第三十九回，写颜查散投靠岳父柳洪备考就亲，不料柳洪夫妇嫌贫赖婚并设计退婚。

小姐柳金蝉乳母田氏偷听到他们密谋并报告了金蝉，丫环绣红奉命寄柬约颜生相会，欲赠私蓄。不想冯氏的侄儿冯君衡偷走字柬并杀死丫环。颜生受冤寄监，幸亏白玉堂竭力相救，赴开封府寄柬留刀，包公明察秋毫使冤案得以昭雪。

这段故事可谓波澜起伏，变幻莫测，情节曲折而充满着惊险性。颜查散冤案平反后，考中状元，升任巡按，被派到虎狼之地襄阳府出巡，对手是雄踞一方的襄阳王赵爵。赵爵派人将他的官印盗走，并把它

巡按 是古代官职，代表皇帝巡视地方，各省及府、州、县行政长官皆其考察对象专门负责监察，一般不理其他事务，权力极大。明代派遣监察御史分赴各省巡视，考核吏治，称为"巡按"

■ 包拯画像

抛在洞庭湖中，又使他陷入困境之中。

第三个清官倪继祖的命运就更加坎坷了。在他未出生前，父亲误入贼船从而被杀，母亲得人帮助逃生后，把他生在荒郊野外，幸而被一好心老汉收留后抚养成人。

在长大成人获得官职之后，为了探访霸王庄内幕，被恶霸马强囚禁在地牢，生命一度处在危急的状态。被侠士欧阳春等营救出来后，又被诬陷为勾结大盗抢夺马家珠宝，免官待罪，智化盗冠栽赃扳倒马朝贤后，才得以昭雪。

至于书中的侠义人物展昭、欧阳春、白玉堂等人，更是与险恶的境遇结下了不解之缘。在故事发展的过程中，作者把这些侠士们置于激烈的矛盾冲突中展现他们除暴安良、不畏生死的英雄本色，情节上呈现出惊心动魄、扣人心弦的艺术魅力。

在《三侠五义》的第六十七回、第八十五回、第一百零五回中，这些侠义之士所经历的惊心动魄的情节，有多次冒险营救包公，有清官以及蒙冤受难的平民百姓于危难之际，有五鼠闹东京，有白玉堂泗水治水怪，还有白玉堂上冲霄楼等。

　　所有这些情节，无不悬念迭生，险象环生，使读者在心理上激起一种惊险美感。

　　《三侠五义》情节安排本身就具备跌宕起伏、亦惊亦险、错综变幻的特征。如小说的第二十三回至第二十七回共写了4个故事。一是范仲禹夫妇死而复生，散而复聚；二是兴隆木厂主屈申因贪杯被害，后又死而复生；三是道士苦修撬棺盗宝；四是包公奉诏查访新科状元兼理抢妇杀夫、图财害命及撬棺盗宝等案。

　　四个故事各有其主人公、头绪，其情节也是跌宕起伏、变幻惊险，但这4个故事又彼此相连，一环套一环，一案套一案，形成一个连而不死、错而不乱的整体，扑朔迷离，疑窦丛生，具有现代小说的复杂性。这同由人际关系异常复杂艰险、社会矛盾特别尖锐所造成的惊险的社会环境相关。

　　《三侠五义》还描写了一些人与自然斗争的惊险场面，进一步丰富充实了这部小说的惊险色彩。如展昭为探访捉拿白玉堂而落入陷空岛时的地险，白玉堂随颜查散视察泛滥的泗水，蒋平逆水寒泉捞印、

《三侠五义》之包公上任

■《三侠五义》插图

小说经典

著名古典小说的魅力

银 在古代，人类就对银有了认识。银和金一样是一种应用历史悠久的贵金属，至今已有4000多年的历史。在古代，人们就已经知道开采银矿，由于当时人们取得的银量很小，使得它的价值比金还贵。由于银独有的优良特性，人们曾赋予它货币和装饰的双重价值。

智化等潜入钟雄水寨时的水险等，都写得阴森森的，令人心惊。

作者善于将复杂的社会环境与险恶的自然环境紧密地结合起来，以表现他们超常的勇气和胆量，显示出强大的威力。

情节之奇。小说之"奇"离不开情节安排之"奇"，情节曲折生动、富有表现力，才能引起读者的兴趣。《三侠五义》的情节奇巧曲折，具有很强的故事性，也就是说情节极富变化，有"戏"可看，这是《三侠五义》情节结构的基本模式。

《三侠五义》在有限的篇幅中最大限度地满足了情节的曲折变化，腾挪跌宕，使小说的矛盾冲突始终在一系列波澜层叠、出人意料的情节中充满张力地向前发展。可以说，《三侠五义》的作者创造了清代侠义公案小说最为缜密也最为奇巧的故事情节。

在小说中，作者所营造的故事情节往往给人以新奇感。最为突出的在第十回。买猪首书生遭横祸一案中插入好几件事，使得故事情节奇巧曲折，书生韩瑞龙与娘亲韩文氏相依为命，偶尔发现床底埋有满满一箱金银。

韩瑞龙欢喜不已，就欲祭礼，然后就去买三牲。清早至郑屠铺前，买得一个用垫布包好的猪首。岂知布中猪首是一颗血淋淋的女子人头，韩瑞龙当场被公差抓捕回县衙。

这很明显是一桩杀人嫁祸案。然而在此一案中，又引出好几案来，事情变得神秘诡幻、曲折离奇。先是公差在韩瑞龙家床下并未挖出金银反而发现一无头男子死尸。后赵虎访查过程中，在郑屠后院抓住惯偷叶阡儿，并发现一具女尸。

由叶阡儿交代，在白员外家偷东西的时候发现一个男子人头，并将人头丢于邱老头屋内。这下两具尸体都有着落了，事情也水落石出。女尸是妓女锦娘，郑屠见其珠翠满头而起杀心，将其割首后尸体埋于后院，然后把头卖给了韩瑞龙。

男尸是白员外的表弟李克明，被管家白安杀害后，头放在柜内被叶阡儿误以为宝物偷走，尸体便埋在后租于韩瑞龙母子的房间地下。

岂知水落石出后又生波澜。当差役押着邱老头找到刘三要将男子人

《三侠五义》塑像

■ 包公蜡像

头挖出的时候，刘三又挖出一具男尸。原来此男尸是刘四，刘四与刘三争执时被刘三所杀害。

包拯按罪行发落凶徒，恶人得惩，一桩猪首案至此才告一段落。故事情节奇巧曲折，高潮迭起，直让人看得眼花缭乱、目不暇接。

小说情节之奇，更多是依靠误会巧合、悬念设置等方法来实现的，清代的很多小说家就善于使用这些手法。

《三侠五义》在情节处理上为了增强故事性，主要运用偶然和巧合，使情节显得格外离奇、出人意表，造成一种奇巧的美。

"巧"是对事物发展的偶然性的巧妙运用，当然，"无巧不成书"是明清时期小说的普遍特点，往往由一个巧字生发出一篇篇曲曲折折的故事，很多事件都建立在巧字上，通过偶然反映必然。《三侠五义》将这一特点发挥到了极致。

　　在小说中，展昭路经通真观，碰巧遇上道士谈月与玉香在密语，林春夫人与婆子的谈话正巧被韩彰听见。展昭被困陷空岛，巧之又巧的是有个深明大义的卢方夫人，叫儿子卢珍前去送信。

　　这一切的巧合固然是作者有意安排，让故事变得生动畅顺，所谓"无巧不成书"。

　　在第六十回丁兆兰对北侠说："似你我行侠仗义之人，理当济困扶危，剪恶除奸。"正因为众义士都以"济困扶危，剪恶除奸"为自己的理想追求和行为规范，才会使得这些巧合既出乎意料，又在情理之中，层层相应，环环相扣，丝毫不使人感到突兀生硬。

　　又如《三侠五义》中劫银一案，就充满着故事情节的巧合。蒋平等三鼠和柳青巧劫了太守孙珍为太师祝寿的万两黄金，神不知，鬼不觉，劫银过程只字未提。

　　只是到了后文，由于赵虎乔装访案，误拿人犯，包公才将错就

《三侠五义》人物蜡像

戏剧中的包拯

错，巧讯脏金，劫银一案才公布堂上，才有孙珍解职，孙荣、庞吉上表请罪。

从劫案开始到结束，故事情节始终穿插一个"巧"字。很显然，作者在创作小说的过程中着力于对故事情节的构造，重在颂扬蒋平等人惩恶扬善的侠义心肠。

情节之实。《三侠五义》是一部以写非常人物、非常事件为主的小说，这就决定了它的故事情节必然是以惊险性、奇巧性为主，但这并不等于说这部小说是可以完全脱离现实的。

一方面《三侠五义》的惊险性、奇巧性情节，除了荒诞不经的部分外，也是来源于现实生活，是对现实生活的一种提炼和概括；另一方面这部小说也还在一定程度上以写实的手法，直接反映了当时的社会生活。因为它要歌颂清官的行为和侠客的除暴安良，那就不可避免地要触及"奸""暴"，所以，《三侠五义》也体现了一些当时社会的负面因素。

《三侠五义》中所写的故事，虽然名为发生在宋仁宗时期，但在实际上，稍有历史知识的读者就会感到，书中所透露出的诸多社会、政治、经济、文化信息，所展现的社会生活风情画面，多半属于清代中后期，因而能使人产生一种现实感。

但是，《三侠五义》的现实性主要表现在人物的精神面貌与社会关系的时代感，以及细节描写的真实感上。其中，清官与侠士之间，侠义人物内部之间，清官、侠士同他们的对立面乡绅恶霸之间，都不同程度地呈现着一些我国封建社会末期特有的社会氛围和时代的气息。

像白玉堂这样一个既狭隘偏激，又具有侠肝义胆，而且有时心高气傲，有时又阴冷狠毒的性格复杂的人物，归根结底，是清代末期人们复杂多样的精神世界的一种概括与折射，是那个时代的精神产物，明清代社会的人情世态。

小说中的现实性，还表现在塑造了一大批善良普通的老百姓形象。透过这批处于下层社会的贩夫走卒、引车卖浆之流的形象，小说真实生动地描绘了当时清代社会的人情世态。读后，令人产生一种贴近生活的真实感。

如第五回，为惨遭杀害的刘世昌申冤报仇的张别古。第十五回，那个帮助李娘娘与包公相见的具有古道热肠的范宗华。第二十三回中资助范仲禹赴京赶考的刘老者。第三十回，包公从金龙寺脱险后碰到的买豆腐的孟老汉等。

书中的这批普通的凡夫俗子形象，具有白描质朴的艺术特征。由于作者是生活在下层社会的说书艺人，非常熟悉这些市井细民，因此

宋仁宗（1010年—1063年），北宋第四代皇帝赵祯。1023年登上皇位，1063年驾崩，享年53岁，在位41年。他以民为本，重视老百姓，尽量让老百姓过上好日子。由于宋仁宗的开明统治，北宋经济文化繁荣，名人辈出，群星璀璨，唐宋八大家之中六人出在宋。在宋人看来，"仁宗盛治"远过"贞观之治"和"开元盛世"。

163

忠义武侠小说

三侠五义

■ 《三侠五义》故事场景

这些百姓的内心情感与音容笑貌，被刻画得惟妙惟肖。

小说通过这批善良的小人物，摹写出了当时社会的人情冷暖，给我们留下了难忘的形象。这是作者现实主义手法的成果。

《三侠五义》在情节上的艺术成就是多方面的，远非上面所论几点。《三侠五义》追求情节的惊险，并不使读者感到繁杂冗长。追求情节的曲折奇巧，也并不使读者感到荒诞不稽，可以说其情节艺术巧妙地运用了艺术辩证法，是我国古典小说情节艺术中的典范。

阅读链接

清代著名学者俞樾对《三侠五义》赞扬有加，认为：事迹新奇，笔意酣恣，描写既细入毫芒，点染又曲中筋节。正如柳麻子说"武松打店"，初到店内无人，蓦地一吼，店中空缸空甏皆瓮瓮有声。闲中着色，精神百倍。如此笔墨，方许作平话小说，如此平话小说，方算得天地间另是一种笔墨。

鲁迅先生对此书的评价也不低：值世间方饱于妖异之说，脂粉之谈，而此逐以粗豪脱略见长，于说部中露头角也；绘声状物，甚有评话习气。